grafit

*Für Annika und Lisa*


Chemnitzer Str. 31, 44139 Dortmund
Internet: http://www.grafit.de
E-Mail: info@grafit.de

Umschlagfoto: ovokuro / photocase.de
Druck und Bindearbeiten: CPI – Clausen & Bosse, Leck
ISBN 978-3-89425-449-0
1. 2. 3. / 2016 15 14

Christiane Höhmann

# Untervörde

Kriminalroman

grafit

**Christiane Höhmann** arbeitete nach ihrem Germanistik- und Anglistikstudium fünfundzwanzig Jahre lang als Gymnasiallehrerin. Sie hat Sachbücher, Kurzgeschichten, Essays und Romane veröffentlicht und erhielt 2007 den ›Akademiepreis Wolfenbüttel‹ in der Sparte Literatur. Heute ist sie als Autorin, Dozentin und Coach in Paderborn tätig.
www.christiane-hoehmann.de

*»Warum hast du das getan?«*
*»Weil ich es konnte.«*

## Freitag, 1. August 1997

### *Prolog*

In diesem Jahr brachte er die Ernte rechtzeitig ein. Seit Anfang Juli war es heiß, unerträglich drückend, die Leute hörten nicht auf zu klagen. Alle meckerten im Dorf, ganz gleich, ob es nun regnete oder sonnig war.

Karl hielt die Presse für einen Augenblick an und betrachtete die Heuballen auf dem Feld. Eine gute Ernte. Er pfiff erfreut durch die Zähne und drehte sich zum Weg. Am Waldrand, auf dem Weserradweg, lief jetzt eine junge, blonde Frau vorbei. Das Haar hatte sie zu einem Pferdeschwanz gebunden, der im Takt hin und her schwang. Karl betrachtete ihre Bewegungen mit Wohlgefallen. Viola war und blieb einfach anders als die Frauen im Dorf, die nach dem ersten Kind aussahen, als ob sie das Bier selbst tränken, das ihre Männer kistenweise in die Häuser schleppten. Sie gingen in die Breite und schoben ihre Kinderwagen immer langsamer durch die Straßen.

Die da drüben hatte auch schon eine sechsjährige Tochter, das tägliche Joggen allein konnte nicht der Grund dafür sein, dass sie so schlank und quirlig war, so durchtrainiert und immer fröhlich, wenn er sie sah.

Karl hob die Hand an seinen verschwitzten Hut und erwiderte ihr Winken.

Wenig später ließ ihn ein klapperndes Geräusch noch einmal aufsehen. Ein gelb gekleideter Radfahrer fuhr langsam in dieselbe Richtung wie die Joggerin. Offenbar war das Schutzblech locker, das Klappern wurde lauter, aber das schien ihn nicht zu kümmern. Der kräftige, grobe Mann sah nicht herüber. Das Gesicht hielt er abgewandt, den Blick auf den Wald gerichtet. Wahrscheinlich war das ein Weserradler, der sich beim Fahren ausruhte, weil er ahnte, dass hinter der Kurve der nächste Anstieg in den Wald vor ihm lag. Oder hatte Karl den Mann schon mal im Nachbarort gesehen?

Er zuckte die Achseln und warf die Maschine wieder an. Ihr Dröhnen hallte in den Wald und über den Fluss bis ins Dorf. Wenn er auf dem Ackerschlepper saß und seine Bahnen zog, konnte die Welt leer sein, er bekam nichts von ihr mit.

# Freitag, 3. August 2012

## *1*

Das muss das Dorf sein, dachte Klara, als sie den abschüssigen Weg aus dem Wald hinunterratterte, auf das Licht und die Sonne zu. Wohin sie blickte sattgrüne Wiesen und vor ihr, auf der anderen Weserseite, noch ein paar Hundert Meter entfernt, der graue Kirchturm mit dem geschwungenen Dach.

Sie stoppte an den Hinweisschildern, die in rosafarbenen Bartnelken standen. Links ging es am Waldrand weiter auf dem Weserradweg, das nächste Dorf war schon ausgeschildert. Der Weg halb rechts, fast geradeaus, der mit *Ortsmitte* gekennzeichnet war, führte auf eine Brücke zu, und dahinter kam man am Schützenhaus vorbei zur Hauptstraße von Untervörde. Genau so hatte sie die Gegend in Erinnerung. Bis hin zum betäubenden Duft nach Nelken und Heu passte alles.

Einen Moment lang ärgerte sie sich, dass sie Yvonne diesen Anblick nicht zeigen konnte. Ausgerechnet gestern Abend war die Freundin am Weserufer so von Mücken zerstochen worden, dass sie es vorgezogen hatte, die Tour abzubrechen. Yvonne und ihre Empfindlichkeit! Kein Wunder, sie hockte ja immer nur fein gekleidet in ihrem Anwaltsbüro. Bestimmt hatte sie einen Anruf erhalten, wurde im Büro gebraucht und wollte das nicht zugeben.

Klara hatte der Freundin stumm nachgesehen, als sie am Morgen zum Hamelner Bahnhof radelte. Sie selbst fuhr noch nicht nach Berlin zurück. Nicht, bevor sie die Dörfer und Landschaften wiedergesehen hatte, die an diesem Tag vor ihr lagen.

Am ärgerlichsten war, dass sie sich von Yvonne erst zu dieser Fahrradtour hatte überreden lassen.

»Warum fliegst du nicht in ein schickes Hotel irgendwo auf den Malediven oder nach Miami?«, hatte Klara sie gefragt.

»Ich liebe es, die deutschen Landschaften mit dem Rad zu erkunden.« Yvonne hatte sich vor dem Spiegel hin- und hergedreht und ihren schlanken Bauch gemustert. In dem blau-weißen Fahrraddress sah sie aus wie eine Schülerin. Klara betrachtete die gut proportionierte Freundin mit den kurzen, schwarzen Haaren neidisch. Manchmal hatte sie das Gefühl, dass Yvonne alles besaß, was ihr abging: eine gute Familie, Schönheit und beruflichen Erfolg. Doch im selben Moment schämte sie sich für ihren Neid. Sie wusste nur zu gut, dass es der Freundin gar nicht so gut ging, wie es schien. Yvonne wünschte sich ein Kind, aber ihre Beziehungen waren bisher daran gescheitert, dass sie Männer nicht wirklich in ihre Nähe lassen konnte. Nur in der Wohngemeinschaft mit Klara und Gregor hielt sie es längere Zeit aus. Aber auch da war sie häufig abwesend und Klara hatte oft das Gefühl, sich mehr von Yvonne zu wünschen, als die ihr gab.

»Wahrscheinlich willst du nur Rad fahren, weil du dir so schicke Klamotten zugelegt hast«, hatte Klara gestichelt. »Ja, ich hab's! Du bist bei Globetrotter vorbeigekommen, konntest nicht widerstehen und jetzt müssen wir eine Radtour unternehmen. Durch blühende Landschaften!« Yvonnes Spiegelbild lachte.

Sport war nicht so Klaras Ding. Und dann gleich eine mehrtägige Fahrt, mit Übernachtungen an unterschiedlichen Orten? Sie war skeptisch gewesen. Morgens würden sie noch nicht wissen, wo sie abends ankommen und Quartier beziehen würden. Andererseits wünschte sie sich, den Job am Zimmertheater in Kreuzberg mal für eine Weile vergessen zu können. Mit Yvonne Urlaub machen, das war zumindest etwas Neues.

Und an einem Fluss entlangzuradeln, durch kühle Waldstücke und offene Ebenen und Täler, irgendwo zu übernachten und am Abend in den Muskeln zu fühlen, was man geleistet hatte – wider Erwarten machte das gute Laune.

Jetzt war sie schon den vierten Tag auf Tour. Dass die Freundin sie ausgerechnet heute im Stich lassen musste, wo sie Klaras Heimatdorf passieren wollten, war wirklich blöd.

Während Klara weiter auf die Schilder starrte, fielen ihr die Fotos ein, die sie im Nachlass des Vaters gefunden hatte – Bilder von glücklichen Menschen in einem verträumten Dorf an der Weser, mit einem geschwungenen Kirchturmdach. Ihre ersten Jahre hatte sie dort verbracht. Später hatte sie sich oft dahin zurückgewünscht, wo es warm war und friedlich und wo man alles und jeden kannte. Andere Kinder brauchten doch auch nicht das, was ihnen wichtig war, aufzugeben und in eine fremde Stadt zu ziehen. Warum sie?

Sie würde nicht ohne Yvonne in ihr Heimatdorf hineinfahren, beschloss sie plötzlich, wandte sich nach links, wo der Fahrradweg ins nächste Dorf weiterführte, und schwang sich in den Sattel.

Sie hatte erst ein paar Meter zurückgelegt, als ihr Rad plötzlich so schlingerte, dass sie sich kaum noch halten konnte. Sie sprang ab und besah sich den Schaden. Mist, schon wieder ab, die Kette! Mindestens drei Mal hatte sie sich in den letzten Tagen die Finger damit dreckig gemacht.

Ratlos betrachtete sie das Fahrrad, das nicht mal ihr gehörte, sondern Gregor aus der WG. Sie beschloss, es in die Sonne zu schieben, um es auf den Kopf zu stellen und nachzusehen, warum die Kette ständig absprang. Andererseits: Reparieren konnte sie sowieso nichts. Sie kannte sich mit Technik absolut nicht aus. Langsam schob sie das Rad den Weg zwischen Wald und Feld entlang zurück, wobei ihr der

Schweiß vom Haaransatz in die Augen lief. Hinter dem Feld erhob sich ein kleiner, kegelförmiger Hügel, davor lag die Ortschaft mit dem Kirchturm, von dem jetzt Glockenschläge zu hören waren. Zwölf Uhr. Sie sehnte sich nach einem schattigen Plätzchen in einem Eiscafé oder einem Biergarten. Das lahmende Fahrrad hatte sie jäh aus der verträumten Sommerstimmung gerissen.

Plötzlich hörte sie Stimmen und sah auf. Ein paar Meter weiter stand eine junge Frau auf dem Fahrradweg und starrte ins Gebüsch. Sie rührte sich nicht. Aus den Büschen hörte Klara eine Frauenstimme unaufhörlich in besorgtem Ton reden. Irgendetwas Beunruhigendes musste sich dort befinden, etwas, das man erst sehen konnte, wenn man davorstand.

Sie schob das Fahrrad weiter, bis sie bei den beiden Spaziergängerinnen angekommen war.

»Ein Wegkreuz?«, fragte sie die ältere Frau freundlich, die inzwischen wieder auf den Weg zurückgetreten war.

»Ein totes Mädchen«, antwortete diese und Klara sah ihre schlecht operierte Hasenscharte, die das Gesicht stärker beherrschte als die Fältchen um Mund und Augen.

»Eine Frau«, ließ sich die Jüngere vernehmen, die zur grauen Wanderhose ein grünes T-Shirt trug. »Sie war sechsundzwanzig«, ergänzte sie und deutete auf das Kreuz, das etwas nach hinten versetzt in den Büschen stand.

»Was ist mit Ihrem Fahrrad?«, wandte sich die ältere Frau, die wohl die Mutter der Jüngeren war, Klara zu.

»Eine Panne, mir ist die Kette abgesprungen, irgendwas muss kaputt sein«, sagte Klara zerstreut. Das war gerade das Unwichtigste überhaupt.

»Im Dorf gibt es eine Tankstelle. Wir sind gerade vorbeigekommen«, warf die Tochter ein und Klara drehte sich zu ihr um. »Direkt an der Dorfstraße. Sie müssen nur ein Stück hochlaufen zum anderen Ende.« Die Frau deutete auf den

Kirchturm, wandte sich der Mutter zu und nahm ihren Arm. Sie hatte es plötzlich eilig.

»Danke.« Klara fiel nichts mehr ein, um sie aufzuhalten. Sie sah den beiden nach, bis sie im Wald verschwunden waren.

Langsam drehte sie sich wieder dem Kreuz im Gebüsch zu.

*Viola Maria Göbel* stand am Querbalken und unter dem Namenszug waren zwei Lebensdaten in das Holz geschnitzt. *Viola Maria Göbel, geboren 10. März 1971, gestorben 1. August 1997*. Neben dem Namenszug war ein Herzchen aus hellerem Holz befestigt.

*Mama, ich vermisse dich. Deine Klara*, stand darauf. Und unter dem Namenszug und den Daten: *Nichts ist mehr, wie es war. Deine Eltern.*

Viola Maria Göbel war Klaras Mutter.

Die Spaziergängerinnen mussten das Kreuz entdeckt haben, weil vor diesem etwas verblichenen Gebilde ein leicht welker Strauß Blumen in einer Plastikvase stand. Lilafarbener Sommerflieder und gelbe Sonnenköpfchen, wie man sie zurzeit in den Gärten überall sehen konnte. Wenn auch nicht in einer Lücke in einem Gebüsch an einem Fahrradweg.

Klara stand lange da und starrte ins Grün. Dann erst bemerkte sie die Tränen, die über ihre Wangen liefen.

Aber das war sechzehn Jahre her, sie konnte sich kaum noch an die Mutter erinnern, inzwischen war so viel passiert. Nach dem tödlichen Unfall war der Vater mit Klara weggezogen, die Großeltern auch, Mamas Eltern, die den Tod der einzigen Tochter kaum verschmerzen konnten. Sie waren längst tot, Papa auch, Klara war am Leben.

Die Mutter war an der Bundesstraße 83 verunglückt, die nicht weit von hier das Dorf passierte und in starken Kurven weiterlief.

Damals, als der Unfall passierte, hatten sie Klara sofort zu den anderen Großeltern gebracht, ein paar Ortschaften entfernt. Zu Papas Eltern, die nicht mit ihr darüber sprachen, was passiert war, sie aber trösteten, wenn die Verzweiflung sie überwältigen wollte.

Klara erinnerte sich kaum an ihre Mutter. Da war ein Lächeln, eine Hand, die ihr über die Haare strich und im Spaß die Augen zuhielt. Mama war witzig gewesen.

Nachdem sie nicht mehr da war, hatten sie nicht mehr oft gelacht.

Klara riss sich los und schob ihr Fahrrad in Richtung Dorf. Ein Fußmarsch würde ihr jetzt guttun, dort gab es bestimmt jemanden, der sich das Rad ansehen konnte, während sie sich einen Eiskaffee genehmigte.

## *2*

Viola, dachte Uli Becker, und kniff die Augen zusammen. Da kommt Viola. Die schmale Frau mit den von der Sonne hellblond gebleichten, aus dem Gesicht gebundenen Haaren schob ein Fahrrad neben sich her und wanderte langsam die Dorfstraße hinauf.

Ein Klicken im Zapfhahn signalisierte, dass der Tank voll war. »He«, sagte Dirk und schob den Kopf aus dem Autofenster. »He, Uli, voll!«

Dirk Heinrichsmeier war seit dreißig Jahren Kunde der Tankstelle. Wo sollte er auch sonst tanken, es gab ja weit und breit keine andere. Aber er stieg nie aus dem Auto, bestand immer auf Bedienung, wie früher.

»So ist das im Dorf«, hatte Ulis Onkel ihm damals gesagt, als er die Tanke übernahm. »Das kannst du nicht ändern, versuch es besser gar nicht erst.«

Uli hängte den Zapfhahn ein. »Fünfundachtzig«, knurrte er, nahm den Zweihunderter entgegen und ging in den Tankstellenshop. Als er mit dem Wechselgeld wieder herauskam und es ins Auto reichte, war auf der Dorfstraße niemand mehr zu sehen.

Scheiße, dachte Uli. Total überarbeitet und zu viel gesoffen gestern. Jetzt sah er schon Gespenster durch die Mittagssonne heranflimmern. Er warf seiner Frau einen Blick zu, die die letzten Kunden an der Kasse bedient hatte und jetzt die Ladentür abschloss. Mittagspause. Er würde sich in die Werkstatt verziehen, während Meike das Essen kochte.

Aus dem Fenster der Werkstatt sah er die junge Viola dann wieder. Sie stand an den Zapfsäulen, hielt das Fahrrad mit einer Hand am Lenker fest und sah irritiert um sich. Viola ist seit vielen Jahren tot, du Vollpfosten. Und wenn sie noch leben würde, wäre sie nicht Anfang zwanzig, wie die da. Einen Sekundenbruchteil lang erschien Violas Gesicht vor seinem inneren Auge – sie hatte in der Kirche immer den Weihnachtsengel gespielt. Niemand wäre damals auf die Idee gekommen, eine andere auszuwählen als sie, mit ihrem feinen Gesicht und den langen, blonden Haaren.

Die junge Frau lehnte ihr Rad an eine Zapfsäule und schob die Tür zur Werkstatt auf. »Hallo?«

Uli wischte sich die Hände an der Hose ab und trat vor. »Mittagspause«, sagte er unfreundlich.

»Guten Tag«, kam es zurück, »ich brauche Hilfe mit meinem Rad. Die Kette springt immer ab.«

Sie hatte wirklich große Ähnlichkeit mit Viola, die meistens Sportkleidung getragen hatte: beigefarbene Sweatshirts und Fleecejacken, darunter Tops in Lila, Weinrot, Orange, was eben gerade in Mode gewesen war. Und natürlich teure Laufschuhe mit einem Markennamen.

Die junge Frau vor ihm hatte auch so ein Modebewusstsein, das sah man sofort: schwarze Radlerhosen und ein petrolfarbenes Shirt, dazu eine gleichfarbige Weste. Außerdem besaß sie Violas Stimme und Violas Figur. Schlanke, durchtrainierte Beine.

Ach Quatsch, dachte Uli und schaute zur Seite. Die hier ist mager und kein bisschen trainiert. Die Haare sind strähnig und ihre Nase ist zu lang. Sie sieht anders aus als Viola. Er war wirklich durch, dass er das nicht sofort gesehen hatte. Ich brauche Urlaub, dachte er zum wiederholten Male in dieser Woche. Aber solange Niedersachsen und Nordrhein-Westfalen Sommerferien hatten, musste er die Tanke noch offen halten, sonst ging ihm sein Hauptgeschäft flöten. Danach würde es mit den Kumpeln vom Verein nach Malle gehen. Diese Aussicht hob seine Stimmung.

»Lassen Sie das Rad mal da«, sagte er. »Aber stellen Sie es aus dem Tankbereich. Am besten dorthin.« Er deutete um die Ecke des Ladens, wo eine Plastikbank mit Tisch stand. »Damit nicht noch einer dagegenfährt. Ich schau's mir an. Fahrräder sind aber nicht mein Spezialgebiet, sag ich gleich.«

Die junge Frau nickte und lächelte. »Kann ich vielleicht einen Kaffee bekommen?«, fragte sie und sah ihn mit Violas blauen Augen an. »Ich war schon am Gasthaus und bei den Läden.« Sie deutete die Straße hinunter. »Ist aber alles zu.«

Er nickte. »Die machen erst um vier wieder auf. Und wir um drei. Aber einen Kaffee können Sie noch kriegen. Können sich damit nebenan in den Biergarten setzen.«

Er zeigte unbestimmt in Richtung Straße, schloss die Ladentür auf und wunderte sich über sich selbst. Hatte er das nötig, nur weil sie ihn an die Klassenkameradin von früher erinnerte? Na ja, etwas mehr war Viola schon für ihn gewesen. Aber wen interessierte das noch.

Er stopfte den Schlüssel in seine Tasche und fuhr sich durch das Haar. Vokuhila, fiel ihm plötzlich ein. Vokuhila hatte Viola seine Frisur genannt und gelacht. Vorne kurz, hinten lang war damals voll angesagt. Warum er diese Frisur jetzt schon über zwanzig Jahre lang beibehalten hatte, wusste er selbst nicht. Wahrscheinlich fiel ihm nichts anderes ein. Damals hatte er eine dunkelbraune, jetzt eine graue Vokuhila. »Echt retro«, sagte Marlene dazu. Er stellte einen Pappbecher in den Automaten und zog der Kundin einen schwarzen Kaffee.

»Kann ich auch eine Zeitung bekommen?« Er schob sie ihr hinüber und tippte in die Kasse.

»Tödlicher Unfall auf der B 83«, las sie vor, »Radler durchstößt Frontscheibe des Mercedes.«

»Passiert dauernd«, sagte er, »ist halt gefährlich, hier zu fahren. In diesem Jahr hatten wir schon sieben Verkehrstote.« Er wusste gar nicht, warum er so viel quatschte, konnte aber auch nicht damit aufhören. »Mein Bruder ist auch vor ein paar Jahren dabei gewesen, jetzt sein Freund. Hab alles noch mal durchgemacht, als der jetzt ins Gras gebissen hat.«

»Mit dem Rad?« Die junge Frau lehnte sich mit dem Kaffee in der Hand an den Stehtisch im Laden und musterte ihn aufmerksam.

»Nö. Mit dem Auto frontal in einen Entgegenkommenden. Fragen Sie mich nicht, wie so was geht. Die Jugendlichen sind halt total leichtsinnig. Die fahren viel zu schnell.« Er schüttelte den Kopf.

»Und – fühlen sich die anderen im Dorf dann nicht gewarnt, wenn so viel passiert?«

»Gewarnt? Nö, das schreckt die gar nicht ab. Wissen Sie, man vergisst ja so schnell. Jeder lebt sein Leben weiter und vier Wochen später wird wieder alles riskiert.«

»Die meisten denken wahrscheinlich auch, ihnen kann das nicht passieren«, sagte sie und stellte den Becher vorsichtig auf den Tisch, neben die Zeitung.

»Genau. Es trifft immer nur die anderen.«

Uli beobachtete, wie die junge Frau in den heißen Kaffee blies und ein paar kleine Schlucke nahm. Wenn sie aufsah, blickte sie ihm, der immer noch hinter der offenen Kasse stand, unverwandt in die Augen, so wie damals Viola. Nicht nur ihm, das war einfach ihre Art gewesen. Ihn hatte dieser

Blick allerdings immer mehr verunsichert, als er zugeben mochte.

»Hier gibt es nicht nur Unfälle, müssen Sie wissen«, entfuhr es ihm. »Wenn Sie mich fragen: Das hier ist ein Todesdorf, sag ich. Morddorf haben sie es schon genannt, in der Zeitung.« Er sah sie bedeutungsvoll an, aber sie reagierte nicht.

»Sie kommen ja von oben, aus dem Wald. Haben Sie das Kreuz nicht gesehen? In der Nähe der Brücke? Man wundert sich, wie viele daran vorbeigehen, ohne es zu sehen.«

Die junge Frau hob den Kopf und schaute geistesabwesend aus dem Fenster.

»Hallo?« Der Tankwart wedelte mit der Hand vor ihrer Nase herum. »Jemand zu Hause?« Sie drehte ihm das Gesicht zu, in dem Ärger aufblitzte. Noch immer antwortete sie nicht.

»Ein Mordsfluss fließt durch ein Morddorf«, sagte er gedämpft. »Das ist 'ne Headline, was? Morde hat's hier nämlich auch schon gegeben. Würde man in dieser ruhigen Gegend nicht erwarten, stimmt's? Ich hab das schon als Kind mitgekriegt, weil ich in der Gastwirtschaft da unten groß geworden bin.« Er nickte und wies mit dem Daumen auf die Dorfstraße.

Die junge Frau ließ den Kaffeebecher los, den sie so umklammert hatte, dass ihre Knöchel weiß geworden waren. »Wer wurde denn ermordet?«

»Was?« Er löste den Blick von ihren Händen. »Ermordet? Ach so, ja. Eine Frau. Schon ewig her. Da war so einer, der hatte zwei Frauen geschwängert. Eine musste dran glauben. Der Typ muss inzwischen schon uralt sein. Wohnt aber noch hier im Dorf. Ich kenn sie ja alle«, fuhr er fort. »Täter und Opfer. Tanken halt alle hier, was soll man machen.« Viola und ihren Mörder kenn ich auch, hätte er beinahe gesagt, konnte sich aber gerade noch bremsen. »Ist furchtbar, wenn so was passiert. Und man denkt immer, man ist im Dorf, da gibt es so was nicht. Stimmt aber nicht. Hier gibt es alles. Ist ein richtiges …«

»Morddorf«, fiel das Mädchen ein.

Uli nickte wieder. »Meine Frau und ich, wir haben jedenfalls auf unsere Tochter, die Marlene, immer gut aufgepasst. Vielleicht mehr als in der Großstadt. Die Realität ist immer schlimmer als das Fernsehen, das können Sie glauben.«

Von oben hörte man jetzt klappernde Sohlen, eine Tür wurde aufgerissen. »Uli, Essen.« Das war Meike. Ja, natürlich, er musste hoch.

Er machte ein paar Schritte auf die junge Frau zu und sie nahm ihren Kaffeebecher und die Zeitung vom Tisch und bewegte sich zur Tür.

»Wird man nicht mehr los, was?«, meinte sie. »Die Bilder, meine ich.«

»Kann Ihnen auch passieren«, sagte er, plötzlich ärgerlich, dann strich er sich verlegen durch das Haar. »Ich würde an Ihrer Stelle nicht alleine eine Radtour machen. Ist einfach keine gute Idee.«

»Was? Das Radfahren?« Die Frau lachte spöttisch und wartete, den Becher in der einen, die Zeitung in der anderen Hand, bis er ihr die Tür geöffnet hatte. »Ich komm dann nach drei wieder, ja? Und danke schön.«

Uli sah ihr verstohlen auf den Hintern, als sie durch die Zapfsäulen hindurchlief, kramte nach seinem Schlüssel, schloss die Ladentür ab und ging langsam die paar Stufen hoch zur Wohnung. Plötzlich hatte er das Gefühl, uralt zu sein und völlig überarbeitet. Seine Schritte machten ein schlappendes Geräusch auf jeder Stufe.

Bevor er sich an den Tisch setzte, ging er in sein Büro und zog einen Ordner aus dem Regal. Er hatte eine ganze Weile nicht mehr hineingesehen. Er fing an zu blättern und schlug Plastikfolien um, in denen Zeitungsausschnitte steckten. Als

Meike wieder rief, klappte er den Ordner mit einem Knall zu und schob ihn hinter die anderen.

Das Grausamste, was er sich je hatte vorstellen können, war passiert.

Und der Mörder war nicht weit entfernt.

## *3*

Klara ging in den menschenleeren Biergarten neben der Tankstelle, setzte sich auf eine der abgeschabten Holzbänke, die unter groben dunklen Balken standen, und stellte den Becher vor sich auf den Tisch. Der Biergarten gehörte zur Gastwirtschaft, deren Hintertür zum Garten ebenso verschlossen war wie die Vordertür zur Straße. Die schwarze Aufschrift *Biergarten* am Haus war teilweise abgeplatzt, die Ansammlung von langen, dunklen Holztischen mit feststehenden Bänken, von denen der Lack absplitterte, wirkte schäbig.

Ein Bierpilz mit einem ausgewaschenen Dach stand in einer Ecke. Wespen umkreisten ihn, offenbar war die Theke nach dem letzten Fest nicht gründlich abgewischt worden.

Nur der Wein, der sich an den Balken über den Bänken rankte, verschönerte den Hof ein bisschen. Die blauen Trauben hingen voll und appetitlich herunter.

Klaras Blick wanderte über die Fensterfront des Hauses. Hier fehlte alles, was ein Dorfgasthaus heimelig und anziehend machen konnte – farbenfrohe Wände, Blumenkästen an den Fenstern, mit roten und weißen Petunien oder Geranien bepflanzt. Der ehemals weiße Putz war ergraut, die Scheiben verhängt durch dichte, weiße Gardinenstores mit gleichmäßigen Falten.

Zwei Fenster waren gekippt, die anderen geschlossen. Als sie die Fensterfront länger betrachtete, schloss sich plötzlich eines der gekippten Fenster mit einem Knall. Sie zuckte zusammen, dann lachte sie auf. Sie wurde also beobachtet. Das war vielleicht auch ganz gut so in dieser verlassen wirkenden Ortschaft, in der sich die Menschen an einem heißen Mittag in ihre Häuser zurückzogen und die Türen verrammelten.

Das Gerede des seltsamen Tankwarts mit den langen grauen Haaren und den zugekniffenen Augen klang ihr noch im Ohr. Warum hatte er das gesagt: Das kann Ihnen auch passieren? Was sollte das heißen?

Der Tankwart musste aus derselben Generation stammen wie ihr eigener Vater, um die fünfzig war er wohl. Wahrscheinlich hätte der sich sogar noch an Vater erinnert. Aber er machte einen so angefressenen Eindruck, dass sie keine Lust gehabt hatte, mit ihm über ihre Familie zu sprechen. Der Spruch mit dem Morddorf hatte fast wie eine Drohung geklungen. Krass.

Dies war wohl eher ein Dorf von Straßenkillern als ein Morddorf.

Sie dachte wieder an die Mutter. Ihr war ein Falschfahrer frontal ins Auto gefahren, einen Airbag hatte ihr betagtes Auto nicht gehabt.

Als der Tankwart von dem Kreuz gesprochen hatte, war eine Erinnerung schemenhaft in ihr aufgetaucht und sie hatte versucht, sie festzuhalten. Ja, das Mahnmal für die Mutter hatte es früher schon gegeben, als Kind hatte sie es mit dem Vater besucht. Nicht oft allerdings. Der Vater hatte zu arbeiten und Hameln, wo sie dann wohnten, lag nicht gerade um die Ecke. Irgendwann war sie von zu Hause weggegangen nach Berlin, wo sie zur Schauspielschule wollte.

Klara trank den letzten Schluck von ihrem Kaffee und beschloss, auf keinen Fall hier im Biergarten zu warten, bis der Typ seine Tankstelle wieder aufmachte und sich ihr Fahrrad ansah. Sie nahm ihren Rucksack, hängte ihn um und ging die Dorfstraße hinunter. Es war sehr still, unheimlich still, bis auf die Autos, die immer wieder plötzlich die Straße hinunter- oder heraufjagten.

Sie zog ein Papiertaschentuch aus der Weste und wischte sich über Stirn und Nacken. An der Bushaltestelle, nicht weit von der Gastwirtschaft entfernt, hielt ein Bus, die Tür schob sich auf und drei Kinder mit Tornistern auf den Rücken purzelten wie Falläpfel heraus und kamen ihr, der Junge vorweg, die beiden Mädchen hinterher, mit schleppenden Schritten und müden Gesichtern entgegen. Klara sah auf die Uhr. Zwanzig nach eins. Schon damals hielt der Bus, der nach Schulschluss an der Grundschule im Nachbarort abfuhr, hier um zwanzig nach eins und sie gehörte zu denen, die langsam die Dorfstraße hinauftrotteten. Wie hieß der Ort noch gleich? Sie blieb stehen. Ein Hund bellte, vor einem Haus saß eine alte Frau auf einer Bank, die seitlich unter einem Plastikvordach stand.

Polle, so hieß er. Dort war die Grundschule gewesen. *Polle – Pulle – pillern,* über diesen Namen hatten sie sich als Kinder immer kaputtgelacht.

Auf der anderen Straßenseite fiel ihr der Metzgerladen auf, dessen Fenster dunkel und dessen Tür geschlossen war. Sie schaffte es, zwischen zwei Autos die Straße zu überqueren, stand eine ganze Zeit lang an der Scheibe und betrachtete die ausgestellten Wurstwaren. *In der Pelle gereift.* Hier hatten sie bestimmt früher eingekauft. War dies nicht sogar der erste Laden, zu dem sie als kleines Kind alleine gehen durfte? Noch bevor sie die Schule besuchte? Immer vorsichtig die Dorfstraße entlang, die damals noch nicht annähernd so befahren war wie heute. Auch der Weg zum Kindergarten führte hier vorbei. Den durfte sie aber lange Zeit nicht alleine gehen.

Klaras Schritte waren so schleppend geworden wie die der Schulkinder, die längst in irgendwelchen Häusern in den Seitenstraßen verschwunden waren. Wenn sie damals um zwanzig nach eins die Dorfstraße hinaufgegangen und in die Tulpenstraße abgebogen war, hatte sie den nervigen Teil des Tages hinter sich gehabt. Mama hatte die Haustür aufgerissen und sie mit einem großen Hallo begrüßt, als ob sie nicht wie jeden Tag von der Schule, sondern von einer Reise zurückgekehrt wäre. Obwohl Mama um drei wieder im Nachbarort an der Kasse sitzen musste, hatte sie Mittagessen gekocht und Klara und sie saßen sich am Tisch gegenüber. Sie saßen beide da und pickten wie zwei Vögelchen im Essen, ohne zugeben zu wollen, dass sie nun mal nicht gerne aßen. Die Mutter genauso wenig wie Klara. Essen war, wie viele andere Verrichtungen auch, offenbar etwas für andere Leute oder vor allem für Männer. Klara und Viola jedenfalls gaben darauf nichts. Sie hätte mich einfach mittags von der Schule abholen und zu einem Eis einladen können und den Quatsch mit dem Mittagessen vergessen, dachte Klara jetzt. Das wär's gewesen, das hätten wir beide gemocht. Klara lachte auf. Seltsam, dieser Gedanke nach der langen Zeit. Ein Optimierungsvorschlag für ihre Mutter, die seit sechzehn Jahren unter der Erde lag. Sie verscheuchte den Gedanken und setzte sich wieder in Bewegung.

Weiter unten passierte sie eine Bäckerei, die zu einer Billigkette gehörte. An dieses Schaufenster erinnerte sie sich nicht. War der Laden damals auch schon eine Bäckerei gewesen? Dann war sie zu weit entfernt von ihrem Elternhaus gewesen, als dass man Klara alleine hätte hinlaufen lassen. Auf einmal sah sie das Fachwerkhaus vor ihrem inneren Auge, in dem sie zusammen mit Mutters Eltern gelebt hatten. Nebenan war ein Bauernhof gewesen. Um dort hinzugelangen, müsste sie die Dorfstraße wieder hochgehen bis fast zum Ende des Ortes.

Aber zuerst würde sie ihren Weg zum Kindergarten fortsetzen. Es war nicht mehr weit, er lag neben der Kirche in einem kleinen Park. Dort würde es schattig und kühl sein.

# 4

Hajo stand in der Küche und starrte auf die Straße. Die Mutter zog geräuschvoll die Haustür hinter sich zu. Sie ging schon wieder in die Kirche. Das nervte. Das heißt, gehen konnte man das kaum nennen. Sie schlurfte und schob ihren Hintern mühsam die Straße entlang. Hajo betrachtete ihr dunkelblaues, weites T-Shirt, das kaum lang genug war, um ihren Oberkörper bis zu den Stamperbeinen zu verdecken. Hundertdreißig Kilo schätzte er. Mindestens. Wie fett seine Mutter wirklich war, war ihm allerdings nicht aufgefallen, bis Tobias und er neulich über dicke Leute gequatscht hatten. Die dicksten Maschinen lebten in den USA, hatte Tobias erzählt und die Haare mit Schwung aus dem Gesicht geworfen. Und etwas von einem Kran, mit dem sie jemanden aus dem Haus hieven mussten, um ihn ins Krankenhaus zu bringen. Hajo hatte nichts weiter dazu gesagt, aber an seine Mutter gedacht. Die Sau konnte sich kaum noch bewegen. Trotzdem ging sie jeden Tag zur Kirche, beten. Als ob das etwas ändern könnte. Er trat mit dem Fuß gegen den Mülleimer, der ins Schwanken kam.

Obwohl sie ihn angekeift hatte, jetzt sofort den Hof zu fegen. Leider musste er das tun, sonst würde sie nächsten Monat die Knete für das Smartphone nicht herausrücken. Am liebsten würde er gleich erst mal in sein Zimmer gehen und weiter chatten. Sollte sie es doch mal bei dem da oben probieren. Vielleicht konnte sie den so herumkommandieren. Aber nein, um den schlich sie herum wie eine Krankenschwester. Allerdings nur, wenn er runterkam. Die Treppe kam sie kaum noch hoch, das machten angeblich ihre Knochen nicht mit.

Für ihn, Hajo, jedenfalls gab es wirklich Wichtigeres als den verdammten Hof in diesem blöden Dorf, aus dem er nicht herauskam, solange er die Penne nicht fertig hatte. Und das war nun mal sein Ziel. Außerdem gut verdienen, in den Urlaub fahren, alles, was seine Alte sich nicht mal vorstellen konnte, die immer schon von ALG 2 lebte. Nein, nicht immer schon. Erst seit der Vater in den Knast gewandert war und es niemanden gab, der den Hof bestellen konnte. Er selbst war ja gerade mal frisch auf der Welt gewesen.

Hajo lauschte nach oben. Ein dumpfes Poltern kam von da. Ein Stuhl war gerückt worden oder etwas umgefallen.

Dass der da oben hauste und zu den Mahlzeiten herunterkam, sich zu ihnen an den Tisch setzte und dann auch noch versuchte, mit der Mutter oder mit ihm zu quatschen, war nicht auszuhalten.

Wer weiß, was er als Nächstes tun würde. Man durfte nicht darüber nachdenken, sonst drehte man echt durch. Wenn die anderen davon Wind bekamen, dass der wieder da war, konnte Hajo in seiner Klasse sowieso seine Sachen packen. Wenn er daran dachte, wie lange er nicht geglaubt hatte, was er jetzt wusste, wurde ihm übel.

Fakt war, dass sie seinen Alten zwei Mal im Jahr in Hannover besucht hatten, die Mutter und er. So war es immer gewesen, aber das musste man niemandem auf die Nase binden. Vera war nie mitgekommen.

Der Vater saß im Knast, aber darüber sollte der kleine Hajo nicht sprechen. Wie kam die Mutter darauf, dass er das überhaupt erwähnen würde, niemand im Dorf sprach mit ihm über seinen Vater. Der Alte war ausgelöscht. Und so sollte es auch bleiben.

Trotzdem fuhr er einmal im halben Jahr mit der Mutter nach Hannover in die Justizvollzugsanstalt, den komischen Mann besuchen. Der Typ saß wie ein Klotz am Tisch und sah ihnen entgegen. Ein kantiger Kopf mit rotblonden, sehr kurz geschnittenen Haaren. Wenn er Hajo zu Gesicht bekam, tat er so, als gäbe es in seinem Leben nichts Wichtigeres als den Sohn. Er hatte von der Mutter immer ein Spielzeug für ihn besorgen lassen, das sie dem Vater und er dann Hajo übergab. »Spiel doch mal«, hieß es dann. Der Vater sah in Hajos Richtung, bis der von seinem Stuhl rutschte und mit irgendeinem Auto auf dem Boden des Besucherraumes herumfuhr. Wie bescheuert war das denn! Mutter und Vater saßen sich währenddessen gegenüber und sprachen einsilbig oder schwiegen.

Der Vater saß ein, weil ihn jemand angezeigt hatte. Das ganze Dorf hatte sich gegen ihn verschworen und ihn hierhergebracht. Das konnte sich Hajo zu gut vorstellen. Gegen die Mutter und gegen ihn hatten sie sich bis heute verschworen. Selten sprach jemand mit ihnen. Keiner half ihnen. Am Anfang hatten sie noch einen Knecht auf dem Hof, aber für den war dann die Arbeit, zusammen mit der Mutter, auch zu viel gewesen. Einen neuen, der bei ihnen arbeiten wollte, hatten sie nicht gefunden.

Und eigentlich hatte der Vater gar nichts verbrochen, erzählte die Mutter. Er hatte nur einer jungen Frau geholfen. Gegen ein paar Fremde, Kanufahrer auf der Weser. Und er musste dann dafür in den Knast, weil die Typen nie gefunden wurden. Als Vera weg war, fuhr Hajo nicht mehr mit nach Hannover.

Wenn er an die Geschichte dachte, die der Vater dem Gericht und der Mutter aufgetischt hatte, kam ihm die Galle hoch und er hätte am liebsten die Fotos von der Wand gerissen, die seine grinsenden Eltern bei ihrer Hochzeit zeigten und die kleinen Kinder, die ihnen geschenkt wurden.

*»Ein Stern lächelt«*, las Hajo halblaut und wie zum ersten Mal. Das stand über seiner Geburtsanzeige.

*»Unser Hans-Joachim wurde uns geschenkt, am 7. August 1997. Die glücklichen Eltern Marion und Bernd Pohlmeier mit der großen Schwester Vera.«*

Sehr witzig, dachte Hajo. Ein Sternchen hat sich kaputtgelacht über das Kind, das inzwischen schon sechzehn Jahre lang da war, ohne zu wissen, warum und wozu.

Manchmal stand er mit knirschenden Zähnen vor den Fotos und Geburtsanzeigen und trat immer wieder gegen den Mülleimer, um nicht alles von der Wand abzureißen und kleine Fetzchen daraus zu machen. Er ballte die Faust und ging in sein Zimmer hinüber.

Wie scheiße ist das denn, dachte er wenig später, als er im Hof stand und die Schicht aus Staub, Blüten und Stöckchen sah, die er beseitigen sollte. Seit zwei Wochen hatte er die Arbeit vor sich hergeschoben.

Die Alte machte Ernst, damit musste er rechnen. Wenn er jetzt nicht bald mit Fegen anfing, würde es nichts mit dem Smartphone im nächsten Monat.

Wenn man wenigstens wüsste, warum der Alte das gemacht hatte.

## 5

Klara hielt kurz an, um sich die Weste auszuziehen und die Hosenbeine hochzuschieben.

Die Haut an ihren Beinen war so weiß, als ob sie in diesem Sommer noch nicht draußen gewesen wäre. Das Zimmertheater, in dem sie für ein Jahr beschäftigt war, hatte noch den ganzen Juli durchgeprobt. *Komödie im Dunkeln* von Peter Shaffer, aus den Sechzigerjahren des vergangenen Jahrhunderts. Ein dummes Stück mit albernen Gags. Aber für sie war die weibliche Hauptrolle der Carol eine Chance gewesen. Sie hatte sie wahrscheinlich nur bekommen, weil sie die Jüngste und die Dünnste im Ensemble war. Sie konnte gut im rosa Minikleidchen mit weißen Strumpfhosen herumstehen und mit hoher Stimme alberne Bemerkungen machen. Aber egal. Sie hatte immer gewusst, dass sie es in diesem Beruf leichter hätte, wenn sie erst mal die Rollen der dummen Schönen übernehmen und nicht darauf bestehen würde, dass sie ausdrucksstark spielen könne, wie man es ihr in der Ausbildung attestiert hatte.

Das Dach des Kirchturmes bestand aus grauem Schiefer, das des Kirchenschiffes war mit roten Ziegeln gedeckt. Darunter die braunen Backsteine. Als sie die Bezeichnung steinsichtig zum ersten Mal gehört hatte, hatte sie sich an die kleine Kirche im Heimatdorf erinnert, obwohl sie so lange nicht da gewesen war.

Am Eingang des Weges in den kleinen Park stand ein Schaukasten, in dem die kirchlichen Veranstaltungen angekündigt waren. *Gottesdienst um 10 Uhr an jedem Sonntag* stand da. Und darunter der Spruch der Woche: *Nur die Wahrheit wird euch frei machen.* Sie las den Satz noch einmal.

Was sollten diese Worte bedeuten? Wieso sollte einen die Wahrheit frei machen. Wovon? Als Schauspielerin musste sie Texte sofort erfassen können, aber bei diesem Spruch klingelte nichts bei ihr.

Langsam lief sie auf den Haupteingang der Kirche zu. Die Tür war angelehnt. Sie schob sie auf und trat ein. In dem Raum war es mindestens zehn Grad kühler als draußen und ziemlich dämmrig. Als sich ihre Augen an das schwache Licht gewöhnt hatten, fiel ihr Blick auf drei gotische Fenster über dem Altarraum. Darüber hatte man Wandmalereien mit biblischen Szenen freigelegt. Bestimmt stammten sie aus dem sechzehnten Jahrhundert, wie die Kirche selbst. Weniger alt musste die kräftig braun gestrichene, erhöhte Kanzel sein. Die hatte Klara schon als Kind gefallen. Die Kanzel mit den Goldverzierungen erinnerte an eine bayrische Dorfkirche. Es fehlte nur noch die Marienfigur im Altarraum.

Klaras Augen wanderten durch die Bankreihen. Die Kirche war leer. Nein, das stimmte nicht. Weit vorne saß jemand in einer Bank. Es war eine dunkel gekleidete Frau, die sich nicht bewegte.

Klara setzte sich leise nach hinten, faltete die Hände und atmete langsam ein und aus. Aber ihre Gedanken ließen sich nicht so schnell abschalten.

Es war schon lange her, dass sie hier gewesen war. Zu besonderen Gelegenheiten wie Aufnahme und Abschied wurden die Kinder in ihren Kindergartengruppen in die Kirche geführt. Sie mussten sich an den Händen fassen und das Kichern einstellen, so jedenfalls lautete die Order der Erzieherin. Vera und Klara hatten selten aufhören können zu kichern und wurden vor dem Gottesdienst ermahnt und hinterher häufig gerügt.

Vera. Der Gedanke an die Freundin aus ihrer frühen Kindheit traf sie wie ein Schlag. Sie hatte jahrelang nicht mehr an Vera gedacht. Als hätte es sie nicht gegeben. Dabei waren sie beste Freundinnen und unzertrennlich gewesen.

Morgens trafen sie sich an der Ecke der Tulpenstraße und gingen gemeinsam zum Kindergarten. Klara war oft als Erste am Treffpunkt gewesen, ihre Eltern hatten sie schon aus dem Haus gescheucht, wenn sie selbst zur Arbeit fuhren. »Auf Klara ist Verlass«, sagte Vater immer und sie war täglich bemüht, ihm das auch zu beweisen. So stand sie an der Ecke der Tulpenstraße und wartete darauf, dass Vera über den Hof kam und auf sie zulief. Die Freundin trug Kleider, Strumpfhosen und mädchenhafte Schuhe. Sogar schwarze Lackschuhe besaß sie. Ihr hellbraunes Haar fiel ihr sorgfältig gekämmt über die Schultern.

»Total unpraktisch für den Kindergarten«, hatte Mama gesagt, wenn Klara auch so etwas anziehen oder die Haare wachsen lassen wollte. Und dann hatte sich Mama noch darüber gewundert, warum ein Kind vom Bauernhof immer so fein gemacht herumlief. Wusste Veras Mutter nicht, was man heutzutage für Kinder kaufte, bei Woolworth oder C&A in der Stadt?

Und eines Tages hatten Opa und Oma an der Schule gestanden und sie abgeholt. Das erste Schuljahr war fast vorbei und bald würden die Ferien anfangen. »Du kommst ein paar Tage mit zu uns«, sagte Opa Bevern, den sie so nannten, weil die Eltern des Vaters in Bevern wohnten, ein paar Dörfer von ihrem entfernt. Klara freute sich. Anfangs. Aber nicht mehr, als dann alles so lange dauerte. Die Ferien waren schon fast vorbei und sie war immer noch bei den Großeltern. So lange hatte man sie noch nie hiergelassen.

Sie hatte in der ganzen Zeit die Eltern nicht gesehen und die anderen Großeltern. Und sie wollte doch in den Ferien mit Vera spielen und ins Schwimmbad gehen. Dann kam der Vater und sie sagten ihr, dass die Mutter einen Unfall gehabt hatte. Sie war sogar schon beerdigt worden. Das war allerdings fast am schlimmsten gewesen. Dass Klara nichts davon gewusst hatte! Sie war doch die Tochter! Sie musste dabei sein.

Ein paar Wochen später kam Vater und holte sie ab. Sie fuhren im Auto hinter dem Möbelwagen her, nach Hameln. Klara durfte Vera nicht mal mehr Tschüss sagen und auch nicht der Lehrerin. Eine seltsame Zeit war das gewesen. Kein Gezeter von Klara hatte irgendwen beeindruckt, sie konnte so lange protestieren, wie sie wollte. Sie zogen einfach weg, ohne ein weiteres Wort der Erklärung. Und alles, weil die Mama tot war, worunter sie sich damals nicht so viel vorstellen konnte.

Erst als der Vater ihr versprach, in den Herbstferien die Großeltern in der Tulpenstraße zu besuchen, hörte Klara vorübergehend auf zu weinen und zu schimpfen.

Und im Herbst waren sie zu Besuch bei der Oma, aber Klara durfte gar nicht mehr mit Vera spielen. »Wieso das nicht?«, hatte sie gefragt. Vera nie wieder zu treffen, erschien ihr ebenso unmöglich wie die Vorstellung, überhaupt nicht mehr auf die Straße zu dürfen. Die Mutter konnte sie nicht mehr fragen, was los war, nur den Vater. Und der hatte gar nicht verstanden, dass man ihr so was nicht verbieten durfte.

Sie war heulend weggelaufen, auf die Straße, wo Vera mit dem Kinderwagen spazieren fuhr. Die Freundin hatte ein Brüderchen bekommen und durfte es zum ersten Mal die Straße entlangschieben. Klara ging neben ihr her.

Die Oma rief sie ins Haus. Ihre Stimme war wütend.

»Warum darf ich nicht mehr mit Vera spielen?«

»Weil deine Mama nicht mehr lebt«, sagte die Oma, sie hatte ein rotes Gesicht und atmete schwer. Immer liefen ihr die Tränen über das Gesicht, wenn von der Mama die Rede war.

Ja, dass sie die Mama nicht mehr hatten, war schlimm, und wenn Klara daran dachte, wollte sie immer sofort in ihr Zimmer laufen und sich auf ihr Bett werfen. »Aber was hat das mit Vera und Hajo zu tun?«, hatte sie immer und immer wieder gefragt.

Klara setzte sich in der Kirchenbank auf und streckte den Rücken. Die alten Geschichten, an die sie lange nicht gedacht hatte, schienen in den Straßen zu lauern, in den Häusern und auf den Kirchenbänken, und sie anzuspringen, sobald sie die alten Wege lief. Kein Wunder, dass sie so lange gezögert hatte, Untervörde wieder zu besuchen. Sie schaute noch einmal um sich. Hier, in der Dorfkirche, war sie auch oft mit den Eltern der Mutter gewesen, den anderen Großeltern. Diese Oma war viel jünger als die Großmütter der anderen Kinder und auch als die, die in den Märchen vorkamen. Sie ging auch zur Arbeit, fuhr dafür nach Holzminden. Der Opa war damals schon Rentner und zu Hause geblieben. Als Oma dann pensioniert war, zogen die beiden auch nach Hameln, um sich um Klara zu kümmern, während der Vater zur Arbeit ging.

Eine Bewegung im vorderen Teil der Kirche ließ Klara aufsehen. Die betende Person hatte sich erhoben und kam mit langsamen Schritten den Mittelgang der Kirche entlang, auf Klara zu. Sie lief schwerfällig und hielt den Kopf gesenkt. Als die Frau bei Klara ankam, fiel ein Sonnenstrahl durch ein Seitenfenster direkt auf Klaras Gesicht. Sie blinzelte. Die dunkel gekleidete Person blieb ruckartig stehen und stieß einen unterdrückten Schrei aus. Dann rannte sie los, so schnell sie konnte. Klara sah ihr nach, wie sie sich zur Kirchentür bewegte und hinauslief.

## *6*

Der Junge fegte den Hof mit gleichmäßigen Strichen.

Immer wieder hielt er inne, stützte sich auf seinen Besenstiel und warf mit einer Kopfbewegung die braune Mähne aus den Augen. Seine trägen Bewegungen wirkten, als sei das Fegen eine gegen ihn verhängte Strafe.

Kann er die Hausarbeit nicht machen, wenn es ein bisschen kühler geworden ist?, dachte Klara und sah auf die Uhr. Drei. Hoffentlich nahm sich der Tankwart jetzt ihr Fahrrad vor. Nach Weiterfahren war ihr heute allerdings nicht mehr zumute.

Sie ging auf ihr früheres Elternhaus zu, ein noch immer stattliches Fachwerkgebäude mit zwei großen Wohnungen auf drei Etagen. Es wirkte vertraut und gleichzeitig verändert. Das Fachwerk war jetzt von unten zur Hälfte verputzt, eine Garage war angebaut worden. Von dem hölzernen Vorbau an der Seite des Hauses führte eine Holztreppe hinunter auf ein Rasenstück, das an den Vorgarten des Bauernhofes stieß. Eine niedrige Mauer grenzte die beiden Grundstücke voneinander ab.

Konnte sie dieses Gebäude eigentlich immer noch ihr Elternhaus nennen? Es war lange in Besitz von Mutters Familie gewesen, das hatte der Vater einmal erzählt. Oben hatten die Großeltern gewohnt, unten sie mit ihren Eltern. Dann gab es noch die kleinen Zimmer unter dem Dach, die die Oma als Schreib- und Lesezimmer nutzte. Sie war Lehrerin gewesen. Das Kinderzimmer lag nach hinten im Erdgeschoss. Manchmal war Klara aus ihrem Fenster gestiegen, um schneller in den Garten zu gelangen. Mutter hatte dann gesagt, sie solle gefälligst wie ein normaler Mensch die Haustür benutzen. Sie hatte geschimpft, aber ihre Augen lachten, das sah man genau. Mama konnte nie so erwachsen und streng sein, wie sie es eigentlich wollte.

Klara betrachtete die Fenster des Wohnzimmers, die jetzt dicht verhängt waren mit Gardinen, und ging ein paar Schritte auf die Eingangstür zu. Sollte sie klingeln? Die Garage war offen und leer, davor stand auch kein Auto. Wahrscheinlich war sowieso niemand zu Hause.

Sie hatten das Haus damals an Leute von außerhalb verkauft, die nichts wussten und nichts mitbekommen hatten. Irgendwo aus Norddeutschland waren die. Was nicht mitbekommen hatten?, fragte sich Klara plötzlich. Was wussten diese Leute nicht, als sie das große Haus in einer Nebenstraße des Dorfes wahrscheinlich günstig erstanden? Ein Satz fiel ihr ein, den sie damals öfter von den Erwachsenen gehört haben musste: »Wir müssen jemanden finden, der nichts weiß.«

Der Junge auf dem Nachbarhof hatte jetzt seine Arbeit eingestellt und starrte sie an, wobei er gleichzeitig so tat, als mustere er die Blumenbeete, die den Hof einfassten. Seine hellbraune Matte wuchs über den Kragen und sah so aus, als sei sie mit einer stumpfen Schere gerade abgeschnitten worden. Lange Haare waren jetzt wieder in, man sah in letzter Zeit kaum noch Jungen, die die Haare kürzer trugen oder so, dass sie etwas sehen konnten, ohne den Kopf ruckartig zu bewegen.

Klara betrachtete ihn nachdenklich. Er kam ihr so vor, als ob sie ihn früher schon gekannt hätte. Aber das konnte kaum sein, der Junge musste damals ein Baby gewesen sein. Natürlich! Wieso ging sie die ganze Zeit davon aus, dass auch die Nachbarn weggezogen waren? Vera und ihr kleiner Bruder, sie wohnten noch hier mit ihren Eltern. Und der da, dieser Sunnyboy mit dem mädchenhaften Gesicht und der schlechten Laune, musste Hans-Joachim sein, den sie damals verbotenerweise im Kinderwagen die Tulpenstraße auf und ab geschoben hatte.

Wie Justin Bieber sieht er aus, dachte Klara. So hübsch, dass man die Augen nicht von ihm wenden kann. Justin Bieber vom Dorfe.

Entschlossen ging sie auf den Jungen zu, der wieder angefangen hatte zu fegen, als er ihren Blick bemerkte.

»Hallo.«

»Hallo«, kam es mürrisch zurück.

»Ganz schön heiß für so eine Arbeit, was?«

Er nickte und unterbrach die Arbeit wieder. »Sie wollen zu den Sökefelds?«

»Nein«, sagte Klara, »nicht wirklich. Also nicht zu euren Nachbarn, aber äh, kann ich dich mal was fragen?«

Er sah zuerst sie verdrossen an, dann seinen Besen.

»Bist du der Hans-Joachim?«

Der Junge hob den Kopf und warf die Haare aus den Augen. »Hajo«, sagte er mürrisch. »Wer will das wissen?«

Klara lachte.

»Ich bin Klara Göbel«, sagte sie und deutete auf das Nachbarhaus. »Hab mal da gewohnt. Ist aber schon lange her.« Hatte sie sich getäuscht oder hatte der Junge etwas interessierter geguckt, als sie ihren Namen nannte?

»Ist die Vera vielleicht auch da?«, platzte sie heraus, als Hajo den Besen fester fasste. Nicht dass der sich einfach wieder an seine Arbeit machte und sie hier stehen ließ.

»Vera?« Das klang spöttisch. »Nö.« Jetzt verschloss sich sein Gesicht. »Die ist weg.« Er drehte sich um.

»Ja klar, sie studiert bestimmt, oder? Wo wohnt sie denn jetzt?«

Noch bevor der Junge antworten konnte, sah Klara eine Bewegung am Fenster. Ein Gesicht verschwand, dann öffnete sich die Haustür und eine Frau erschien. »Guten Tag«, rief sie und kam schleppend ein paar Schritte näher. Der nächste Satz blieb ihr im Halse stecken. Klara stutzte auch. Das war die Frau aus der Kirche. Die unförmige Person, die sich so erschreckt hatte, als sie Klara plötzlich in der vorletzten Reihe erblickt hatte.

»Ich bin Klara«, sagte sie schnell, »Klara Göbel.«

Die Frau nickte und wandte sich ab.

»Ich bin die Tochter von Ihren Nachbarn, ich meine, Sie kennen doch bestimmt noch meine Eltern. Die haben mal hier gewohnt.« Sie deutete über den Hof.

Die Frau war schon wieder auf dem Weg zum Haus. »Mutti«, sagte Hajo laut. »Was ist denn los?« Aber von seiner Mutter war offenbar nichts mehr zu erwarten. Hajos Gesicht hatte sich gerötet.

»Wollen Sie was trinken?«, fragte er trotzig und warf den Besen an die Hauswand. »Kommen Sie doch mit rein, Sie haben nach Vera gefragt.« Hajo ging vor ihr ins Haus und warf seine Jacke auf den Boden. Als er ihren Blick bemerkte, schob er sie mit den Füßen beiseite.

Seine Mutter war nicht mehr zu sehen, als sie in die Wohnküche traten. »Ein Mineralwasser?«

Klara nickte. »Vera war meine beste Freundin damals«, sagte sie und setzte sich auf die Eckbank.

Hajo goss ihr ein Glas Wasser ein, sich selbst eine Cola.

Klaras Blick fiel auf die Wand gegenüber. Sie war voller flüchtig angeklebter Familienfotos. Daneben fiel eine Geburtsanzeige auf, die ohne Rahmen an die Wand gepinnt war.

*Ein Stern lächelt. Unser Hans-Joachim wurde uns ge-*

*schenkt, am 7. August 1997. Die glücklichen Eltern Marion und Bernd Pohlmeier mit der großen Schwester Vera.* Klara stutzte. Hajos Geburtsdatum lag im August, nur wenige Tage nach dem Todestag ihrer Mutter. Vielleicht war das sogar der Tag ihrer Beerdigung gewesen, irgendwas klingelte in ihrer Erinnerung bei diesem Datum. Klara hatte Mutters Sterbeanzeige in den Händen gehalten, als sie Vaters Nachlass gesichtet hatte.

Hajo setzte sich Klara gegenüber, wobei sein Rücken die Bilderwand verdeckte, und sah sie an, er kannte sie nicht, sah sie heute zum ersten Mal. Trotzdem war da etwas, das ihn zu beschäftigen schien.

»Vera ist weg«, sagte er dann noch einmal. »Schon eine ganze Weile. Eines Tages ist sie nicht mehr von der Schule heimgekommen. Ich meine, einfach nicht mehr wiedergekommen.«

»Mhm.« Klara sah ihm ins Gesicht. »Ist sie weggelaufen? Habt ihr sie suchen lassen?«

Hajo schüttelte den Kopf. »Sie war schon mal weg. So mit vierzehn. Hat irgendwo in einem Park gelebt. Und dann ist sie wieder abgehauen, als sie sechzehn war. Die kommt nicht wieder. Aber sie hat mir mal 'ne Karte geschickt. Aus Berlin. So eine historische aus dem letzten Jahrhundert oder so. Da war ein Platz drauf, eine U-Bahnstation. Ich glaub, Hermannplatz stand darauf.«

Das glaubst du nicht nur, das weißt du ganz genau, dachte Klara. Ein seltsamer Dorf-Bieber.

»Ach. Na ja, schade, dass ich sie nicht treffen kann.«

Einen Moment lang tranken sie schweigend. Plötzlich sah Hajo zur Tür. Sein Gesicht hatte wieder einen spöttischen Ausdruck. In der Tür war ein Mann erschienen. Er war kahlköpfig und stand leicht vornübergebeugt. Für einen Moment blieb er reglos stehen, dann drehte er sich wortlos um und verschwand wieder. Mindestens »Guten Tag« hätte der schon sagen können. Seltsame Eltern hat der Junge. Komisch, dass sie sich gar nicht an die erinnerte.

»Hast du Veras Adresse?«, fragte sie Hajo freundlich. »Ich wohne nämlich auch in Berlin.«

Er lachte. »Adresse? Versuch's doch mal an der Gedächtniskirche. Auf den Treppen an der ollen Ruine da. Oder am Plötzensee. Da, wo die Ruderboote sind. Hinter dem Kiosk ist vielleicht ein Holzschuppen oder so was. Vielleicht auch auf einem Friedhof. Da wird man in Ruhe gelassen, wenn man keine Wohnung hat.«

Klara sah ihn überrascht an. »Warst du in Berlin und hast sie gesucht?

Der Junge schüttelte den Kopf. »Gegoogelt. Plätze auf der Straße, wo meine Schwester leben könnte. Wo ich sie wiederfinden könnte.« Zum ersten Mal hörte Klara eine Empfindung in seiner Stimme. Seine Schwester ist sein wunder Punkt. Da hört die Coolness auf, dachte sie wieder.

Er sah Klara aus dem Fenster nach, als sie in Richtung Hauptstraße davonging. Ausgerechnet jetzt kam sie hierher.

Man hatte sie jahrelang nicht gesehen. Nein, er hatte sie noch nie gesehen, nur gehört, dass es hier noch ein Mädchen gegeben hatte, Veras beste Freundin. Vera hatte ihr manchmal vorgejammert, dass niemand mehr für sie übrig sei. Und jetzt kommt diese Klara und sucht nach Vera. Und die Ratte ist auch wieder da.

Krass, der Moment, wo der Alte in der Tür gestanden hatte. Der hatte das frühere Nachbarskind bestimmt erkannt, genauso wie die Mutter. Er hätte sich ja eigentlich zu ihnen setzen können. Gute Gelegenheit, mal was zu bequatschen, dachte Hajo. Aber in diesem Haus wurde nicht geredet. Man lebte, als sei nie etwas passiert.

Vera hatte das noch viel schlechter ausgehalten als er. In ihrem Schuppen in der Hauptstadt, mit einer Flasche Rotwein am Tag ging es ihr vermutlich besser als ihm und der Mutter. Vera war zumindest frei.

Ob diese Klara nichts wusste? Aber das konnte nicht sein. Alle hatten das gewusst. Jahrelang wurde hier über nichts anderes gesprochen, wenn auch nicht mit der Mutter. Hajo ging selten durchs Dorf und wenn, dann alleine. Mit ihm zeigte sich niemand der Kinder. Erst die Gesamtschule in Holzminden hatte ihn gerettet. Und vielleicht sein Aussehen. Niemand musste an das Monster denken, wenn er Hajo sah. Lässig schüttelte er die Haare aus dem Gesicht.

Aber wenn sie es wusste, dann hatte sie sich nichts anmerken lassen. Nicht mal erschrocken hatte sie sich, als die Ratte plötzlich in der Tür stand.

Hajo ging in sein Zimmer und warf sich auf sein Bett. Kurz darauf bewegte sich die Decke über ihm rhythmisch, während er gedämpft stöhnte und versuchte, dabei nicht an das Grauenhafte zu denken, nur daran, wie sich Klaras schlanke, kräftige Beine in der Radlerhose bewegt hatten.

## 7

»Das Tretlager ist kaputt«, knurrte der Tankwart und wischte sich die Hände an einem ehemals weißen Lumpen ab. »Kann man mit viel Glück noch mal reparieren. Aber weiterfahren können Sie damit nicht.« Er beugte sich hinunter und wies auf eine Stelle hinter den Pedalen. Klara konnte nichts Auffälliges erkennen. Aber die Diagnose musste sie dem wohl glauben.

»Uff«, sie kam wieder hoch, »und was mach ich jetzt? Gibt es hier so etwas wie eine Werkstatt?«

Der Tankwart drehte ihr den Rücken zu, nahm einen Zapfhahn auf und betankte einen weißen Lieferwagen, der gerade vorgefahren war. Der Motor des Wagens lief, einen Moment lang war kein Gespräch möglich. Klara stellte sich vor die Auslagen des Tankstellenshops und studierte die Auto- und Fahrradkarten, die hier verkauft wurden. Sie waren verblichen und älteren Erscheinungsdatums. Nach einer Weile ging der Tankwart wieder an ihr vorbei, beachtete sie aber nicht.

»Ich muss irgendwie weiter«, sagte Klara zu seinem Rücken, »mindestens zum Bahnhof in Hameln, damit ich einen Zug kriegen kann. Noch lieber würde ich ja meine Radtour fortsetzen.«

Der Mann drehte sich um, seine Augen waren zusammengekniffen, er sah an ihr vorbei. Was geht mich das an, sagte sein Blick. Dann verschwand er in der Werkstatt neben dem Laden.

So schnell wirst du mich nicht los, dachte Klara, ging in den Tankstellenshop und kaufte bei seiner Frau hinter der Kasse eine *Freundin* und eine Cola.

»Kann ich mich draußen hinsetzen?«

Die Frau nickte freundlich, kam mit zur Tür und deutete auf die Plastikbank an der Längsseite des Tankstellengebäudes.

Die Bank, auf die sich Klara setzte, lag in der prallen Sonne. Sie war mehrere Minuten lang versucht, wieder aufzustehen und sich einen Schattenplatz zu suchen. Wann immer der Tankwart vorbeikam, sah er sie jetzt in der Sonne braten.

Schließlich blieb er bei ihr stehen.

»Wenn ich dazu komme, ruf ich einen Kumpel an. Wohnt in Polle. Der hat da so einen Fahrradladen an der Hand, vielleicht kann der was machen.«

Es klang nicht freundlich, sondern eher so, als habe seine Frau mit ihm geredet und ihn geschickt, aber Klara war erleichtert.

Wenig später kam der Tankwart wieder. Sein Bekannter würde ein neues Tretlager besorgen, konnte es aber frühestens am Abend vorbeibringen. Das Fahrrad könnte Klara am nächsten Tag abholen.

Sie nickte. »Dann muss ich mir wohl hier ein Zimmer besorgen«, sagte sie. Diesmal fischte er sein Handy sofort aus der Hosentasche und telefonierte. Das Wirtshaus ist sein Elternhaus, fiel es Klara wieder ein. Er ist dort aufgewachsen. Sie hörte noch, wie er um ein anständiges Zimmer für sie bat und lächelte ihn dankbar an.

»Kostet dreißig Euro«, sagte er, als er das Handy wieder in die Tasche geschoben hatte. »Schnäppchenpreis.«

»Nett, danke.«

Sein Gesicht verfinsterte sich wieder, als ob sie ihn nicht gelobt, sondern kritisiert hätte. »Ab neun Uhr dann, morgen früh«, sagte er und drehte sich um.

Klara nahm ihre Packtasche vom Fahrrad und ging ein Stück die Dorfstraße hinunter, auf das Gasthaus mit dem abgerissenen Biergarten zu. Es sah noch nicht einladender aus als vor zwei Stunden. Klara klingelte und wartete eine ganze Weile, bis eine alte Frau erschien. Ihr Gesicht war bleich, die Augen gerötet, die weißen Haare hingen ihr ungekämmt ins Gesicht.

»Kommen Sie herein. Die Hitze vertrag ich nicht gut.« Im Flur griff sie nach einem Schlüssel, der neben fünf anderen an einem Brett hing, und reichte ihn Klara. »Erster Stock. Das finden Sie schon.«

Klara nickte. Als sie die Treppe hinaufging, verschwand die alte Frau hinter einer Tür, an der *Privat* stand.

Das Zimmer war in Ordnung. Einfach möbliert, aber hell, mit Blick zur Dorfstraße.

Klara setzte sich aufs Bett. Sie hatte das Gefühl, schon tagelang in diesem seltsamen Dorf zu sein. Der Junge und seine komischen Eltern gingen ihr nicht aus dem Kopf. Und dass Vera verschwunden war. Nein, eigentlich lebte sie in derselben Stadt wie sie selbst. Ansonsten war bei Pohlmeiers offenbar noch alles beim Alten. Sie waren alle noch am Leben.

Klara gähnte und ihre Gedanken wanderten zu ihrem Vater. Sie streckte sich auf dem Bett aus. *Nach langer und schwerer Krankheit, in großer Geduld ertragen.*

Es hatte lange gedauert, bis er letztes Jahr überhaupt bereit gewesen war, ins Hospiz zu gehen.

Klara war von Berlin gekommen und mit ihm nach Bad Salzuflen gefahren. Sie konnten das Zimmer besichtigen, es war groß und der Blick reichte vom Bett bis tief in den Kurpark. In diesem modernen Haus würde Vater alles haben, was er brauchte. Pflege, Service, Beistand und Trost. Und die Nähe zu den vielen anderen Sterbenden, denen es nicht besser ging. Man würde ihm die verbleibende Zeit mit allen Mitteln erleichtern.

Klara kam nicht mehr dazu, ihn zu besuchen, bis man sie ein paar Wochen später an sein Sterbebett rief. Es war nicht mehr viel da von ihm, er delirierte, erzählte wirres Zeug und wand sich vor Schmerzen. Er erkannte sie nicht.

Als alles vorbei war, nahm sie ihren Rucksack vom Stuhl und fuhr in seine Wohnung nach Hameln.

Zum Glück war er in den letzten Jahren seines Lebens nicht alleine gewesen. Die Frau, mit der er zusammen war, hatte ihn bestimmt im Hospiz besucht und sich auch in den letzten, schmerzhaften Wochen um ihn gekümmert.

Manchmal hatte der Vater von der Frau erzählt. Er nannte selten ihren Namen, sagte immer »die Frau« oder »die Freundin«. In der Zeit, in der Klara beruflich so eingespannt war, dass sie sich kaum sahen, spielte »die Frau« immer eine Rolle in ihren Telefonaten.

Neben der Schauspielschule kellnerte Klara damals in einem griechischen Restaurant, um ihren Lebensunterhalt zu bestreiten. Wenn die Kunden ihr Essen beendet hatten, bekamen sie eine kleine Karaffe Ouzo auf den Tisch gestellt. Die meisten Kunden verließen das Restaurant nach Anisschnaps riechend und ziemlich angetrunken. Klara konnte bald keinen Ouzo mehr sehen.

Wenn sie, was nicht so oft vorkam, den Vater anrief, beendete er oft das Gespräch mit den Worten: »Ich werde gleich abgeholt.« Oder: »Ich muss jetzt kochen, ich bekomme Besuch.« Seine Einsamkeit hatte ein Ende, er war wieder angebunden an das Leben. Klara war erleichtert gewesen.

Dann kamen seine Krankheit und der schnelle Tod. Als sie die Nachricht erhalten hatte und in Vaters Wohnung angekommen war, sah es dort so aus, als wären all die Jahre nicht vergangen. Das durchgesessene graue Sofa im Wohnzimmer, das für ihn alleine schließlich vollkommen ausreichte, wie er immer sagte, wenn sie ihn auf dessen Schäbigkeit hinwies. Die Küche, ein paar ältere Schränke und Geräte und eine verkratzte Arbeitsplatte. Er hätte sich längst eine neue einbauen lassen sollen. Aber das fand er nebensächlich.

In seinem Schlafzimmer stand weiterhin das Bett, in dem er immer geschlafen hatte. Kein Doppelbett. Seltsam, dachte Klara. Wo hat »die Frau« übernachtet, wenn sie zu Besuch war? Betty, dachte sie plötzlich, so hatte er sie genannt. Betty, vielleicht Bettina.

Klara war ein paar Mal durch die Küche, das Wohnzimmer und das Schlafzimmer gegangen. Was sollte sie mit seinen Sachen im Kleiderschrank machen? Vater hatte eine überschaubare Garderobe besessen. Ein paar Anzüge fürs Büro, dazu Jeans, T-Shirts und Pullover. Kein Schnickschnack, nichts Auffälliges. Frauenkleidung hing nicht in dem Schrank.

In der Speisekammer an der Küche entdeckte sie viele Flaschen. Klara hatte ihn lange nicht mehr trinken sehen, auch keinen Wein oder Sekt. Zwanzig leere und zehn volle überschlug sie. Vater hatte mehrere Therapien gemacht, bevor er mit seinen Schlafstörungen ohne Schlaftrunk zurechtkam.

Im Badezimmer gab es ein paar gebrauchte Zahnbürsten und zwei Rasierapparate, kein Extrahandtuch, keine Schminksachen, nichts, das auf eine häufige Besucherin hinwies.

Klara setzte sich auf das fusselige Sofa in Vaters Wohnzimmer und sah seine Papiere durch. Da waren ein paar alte Fotos vom Dorf an der Weser. Die Kirche, der Friedhof, ein Bild von Wiesen und Wald. Wenige Aufnahmen von Klara und ihrer Mutter. Viola. Eine Sterbeanzeige der Mutter. Urkunden, Verträge, Rechnungen.

Die Papiere wieder einzuheften, würde Mühe machen.

Sie dachte an die Reise ein paar Jahre zuvor, die sich Vater gewünscht hatte. Erst nach Athen fliegen, wo er als Jugendlicher mal gelandet war. Und dort von Insel zu Insel übersetzen. Kurz vor dem Abflug stornierte er die Reise: Seine Freundin war erkrankt und sie hatte niemanden außer ihm.

Klara nahm sein Adressbuch vom Tisch. Als Erstes wollte sie Bettina erreichen. Im Krankenhaus hatte sie sie nicht gesehen und ihre Nummer stand auch nicht in dem Büchlein. Niemand von den Leuten, die sie anrief, kannte Bettys Adresse oder Telefonnummer. Niemand wusste etwas über sie. Am Ende legte Klara das Buch beiseite und bestellte sich einen Salat und eine Cola beim Pizzaservice.

Am Abend saß sie immer noch auf dem Sofa. Was sollte sie jetzt tun? Am nächsten Tag würde sie die Nachbarn befragen und so wenigstens Bettinas Nachnamen herausbekommen. »Die Frau« musste sich doch auch ein bisschen um die Wohnung kümmern und mit Klara zusammen überlegen, was sie von dem Nachlass behalten wollte.

Bis zur Beerdigung war Klara noch in der Wohnung geblieben. Niemand in der Nachbarschaft kannte Bettina. Niemand hatte eine Frau bei Vater ein und aus gehen sehen. In fünf Jahren! Klara erinnerte sich doch noch genau daran, wie er ihr zum ersten Mal davon erzählte, dass das Glück wieder in sein Leben eingezogen sei. Über solche Formulierungen hatten sie sich früher immer nur lustig gemacht.

Hatte Betty ihn verlassen, als die Krankheit auf dem Höhepunkt war? Aber selbst dann hätte es Briefe oder Karten,

Erinnerungsstücke und Geschenke geben müssen. Aber in der Wohnung war nichts, was ihr unbekannt vorkam, abgesehen von ein paar Urlaubsgrüßen an der Pinnwand in der Küche. Und natürlich dem Bild. Auf einem Regal stand ein großes, gerahmtes Foto von Viola, das Klara noch nie gesehen hatte. Blasse Farben, das Motiv etwas unscharf. Die Mutter sah sprühend aus vor Lebendigkeit. Sie trug Sportsachen und saß an einem Strand in der Hocke, hinter sich ein paar heranrollende Wellen. Viola blickte ins Zimmer und schien sich über das zu amüsieren, was hier geschah. Sie war auf jeden Fall schöner als ich, beschloss Klara. Sie selbst war nicht so anmutig. Sie war magerer und größer als die Mutter. Klara wandte sich von dem Bild ab und setzte sich auf das alte Sofa. Während sie die Papiere einheftete, Blatt für Blatt, hatte sie das Gefühl, die Mutter stehe hinter ihr. Sie drehte sich ruckartig herum und die junge Frau auf dem Bild lachte weiter übermütig ins Zimmer. Klara schüttelte sich leicht. Es war Zeit, nach Berlin zurückzufahren.

Am nächsten Morgen in der Wohnung des Vaters wachte sie sehr früh auf und wusste plötzlich die Antwort auf die Frage, nach der ihr Gehirn die ganze Zeit geforscht hatte: Betty, »die Frau«, Vaters Freundin, hatte es nicht gegeben. Es gab keine Spur von ihr. Vater musste all die Jahre mit einer erfundenen Lebensgefährtin gelebt haben. Oder vielleicht mit der toten Mutter, deren Bild auf dem Regal stand? Wie auch immer: Er hatte Klara nach Strich und Faden belogen.

Nach dem Frühstück hatte sie einen letzten Rundgang durch Vaters Wohnung gemacht, alle Bücher aus dem Regal gezogen und geschüttelt und noch einmal in alle Schränke gesehen. Vielleicht ließ sich doch noch irgendwo ein Hinweis finden, ein Brief, eine Nachricht. Sie brauchte etwas, um zu begreifen, was der Vater ihr angetan hatte, in den Jahren, in denen er sie wegen »der Frau« auf Abstand gehalten hatte. Aber sie fand nichts.

## 8

Als Klara aufwachte, fröstelte sie, obwohl die Luft im Zimmer noch immer feuchtwarm auf ihr lag. Sie schubste die Decke zum Fußende. Ihr T-Shirt fühlte sich klamm an.

Das Fenster war offen, die grau-weißen Stores bewegten sich träge.

Nach und nach fiel es ihr wieder ein. Sie war in Untervörde, ihrem Heimatdorf. Eine Fahrradtour an der Weser entlang. Sie hatte an den Vater gedacht und dann war sie bei offenem Fenster eingeschlafen. Die Tapete war mit grauen Längsstreifen bedruckt, die einem vor den Augen flimmerten, wenn man längere Zeit daraufstarrte. Das Fenster wurde von maisgelben Übergardinen eingerahmt. Damals waren Gardinen in leuchtenden Unifarben modern gewesen, die Großeltern hatten auch solche gehabt. Die Eltern nie, sie mochten Gardinen nicht, hatten überall leichte Rollos und Sichtblenden befestigt. Oft standen die Fenster offen, Mutter kümmerte es nicht, wenn die Leute von draußen freie Sicht auf sie oder auf die Einrichtungsgegenstände des Hauses hatten. Modern sah es bei ihnen aus, das sagten alle. Wieso konnte sie sich daran noch erinnern? Sie war doch erst sieben gewesen, als sie für immer hier weggegangen waren.

Durch die Gardinen konnte sie jetzt sehen, dass das Licht bereits etwas gedämpfter war als am Nachmittag. Klara sah auf die Uhr, es war fast acht, sie hatte mindestens drei Stunden geschlafen. Entschlossen schwang sie die Beine auf den Boden und zog die Packtasche zu sich heran, die sie neben der Tür hatte fallen lassen. Darin musste sich noch ein Käsebrötchen vom Frühstück befinden. Aber sie hatte eigentlich keinen Hunger.

Ein anderer Gedanke hatte sie angesprungen, als sie erwachte: Ihre Familie war auseinandergefallen. So hatte sie das vorher nie gesehen. Nicht nur die Mutter war verstorben, sondern da hatte es etwas gegeben, das die Familie geradezu gesprengt hatte: Mamas Mutter war an Krebs gestorben, der Opa hatte sich kurze Zeit später mit einer Überdosis seines Schlafmittels vergiftet. Der Vater war nicht viel älter als fünfzig geworden. Die anderen Großeltern waren nach Spanien gegangen und ließen selten etwas von sich hören.

Ihre eigenen Panikattacken kamen ihr in den Sinn. In Berlin konnte sie fast keine Nacht durchschlafen. Immer wieder fuhr sie hoch und setzte sich, nach Luft ringend, im Bett auf. Jemand war hinter ihr hergerannt und hatte sie zu Boden gerissen. Ihr letztes Stündlein hatte geschlagen. An dieser Stelle endete ihr Albtraum und sie brauchte eine ganze Weile, bis sie sich wieder beruhigt hatte.

Dabei fühlte sie sich gar nicht bedroht. Es gab auch keinen Grund für so etwas. Angstzustände hatte die Psychotherapeutin diagnostiziert. Und dann hatte sie gefragt, ob es etwas gäbe, das Klara belastete.

»Nein«, antwortete Klara, »was sollte das sein? Mir geht es gut, ich hab einen Job, sogar einen, den ich total gerne mache, ich bin gesund.« Bla bla bla.

Sie sah zum Fenster. Es wurde schon dämmrig. Sie musste noch einmal los. Sie wusste genau, wohin.

Sie zog eine dünne Fleecejacke aus der Packtasche, band sie sich um die Hüften und ging zur Tür.

## *9*

Es ließ ihm keine Ruhe. Er musste raus, weg, sich bewegen, den Kopf auslüften. Uli Becker ließ den Schraubenzieher fallen und ging zum Shop.

»Muss noch was erledigen«, nuschelte er an der Tür in Meikes Richtung. Sie stand an der offenen Kasse und zählte die Tageseinnahmen. Jetzt sah sie kurz hoch, die Augenbrauen hochgezogen, und zählte lautlos mit den Lippen weiter. Schließlich nickte sie und er drehte sich schnell ab.

Er holte sein Fahrrad aus der Werkstatt, schob es bis zur Dorfstraße und überlegte kurz. Normalerweise fuhr er nach rechts, aus Untervörde hinaus, dann an der Landstraße entlang, bis nach Reileifzen. Dort genehmigte er sich erst mal ein paar Pils. Danach radelte er normalerweise durch die erste Siedlung bis hoch zum Wald, wo er den Weserradweg erreichte.

Aber heute entschied er sich anders. Er bog nach links und fuhr am Gasthaus vorbei, die Dorfstraße hinunter. Die Gastwirtschaft lag sehr still da, so, als sei sie gar nicht in Betrieb. Kurz fiel ihm ein, dass er schon eine Weile nicht mehr nach seiner Mutter gesehen hatte. Vielleicht war ihr Antrag auf den Heimplatz ja schon genehmigt worden. Er musste damit rechnen, dass sie ihm das nicht einmal mitteilte, so zerstreut war sie geworden.

Die Geschäfte waren geschlossen, die Leute alle wieder zu Hause. Saßen wahrscheinlich schon vor dem Fernseher.

In einem der Häuser bellte ein Hund. Das war der neue Rottweiler, den die Brinkschultes angeschafft hatten. Der Köter war noch nicht an die Passanten gewöhnt, die dicht an der Haustür vorbeigingen.

Nachdem er das Ortsschild und den Reiterhof dahinter passiert hatte, bog er nach rechts in Richtung Weserbrücke. Er radelte langsam. Auf dem Feld zog ein Ackerschlepper seine Bahnen.

Er sah dem Bauern zu, der mit dem Rücken zu ihm saß, ohne genau zu erkennen, ob der Mann mit dem Hut Karl war oder sein Sohn Heiner. Es musste Heiner sein, der alte Karl wurde schon eine ganze Weile nicht mehr auf den Feldern gesehen.

»Die Weser, der zweitschnellste Fluss in Deutschland«, sagte er halblaut vor sich hin. Er sagte es mehrfach, als fürchtete er, es sonst zu vergessen. Er kniff die Augen zusammen und versuchte, die Landschaft so zu sehen wie einer dieser Weserradler, die jeden Tag hier durchkamen. Naturbelassen. Es gelang ihm nicht. Man könnte auch einmal Sonnenblumen an die Feldraine pflanzen, dachte er. Das sah man in diesem Jahr häufig, wenn man mit dem Auto ein Stück die Weser hinunterfuhr. Feldbegrenzungen durch breite Streifen Sonnenblumen. Das hielt die Vögel ab vom Getreide oder vom Mais oder was auch immer dahinter gepflanzt wurde. Ja, so musste man es machen. Aber er war ja kein Landwirt, auf ihn würden sie nicht hören. Als er wieder aufschaute, sah er sie.

Auf der Weserbrücke hinter dem Schützenhaus stand sie und schaute ins Wasser. Er fuhr langsam weiter, immer die junge Frau im Blick. Seine Gedanken wanderten zum Fluss, an dem er lebte, immer noch, sein ganzes Leben lang schon, und zu der Stelle, wo Viola und er sich einmal geliebt hatten. Nur einmal hatte sie ihn rangelassen, dachte er in schlechten Momenten, aber so war es nicht gewesen. Er hatte sich nie in seinem Leben etwas mehr gewünscht als das. Selbst wenn es nur einmal wahr wurde, nachdem er ihr zwei Jahre lang in der Schule hinterhergelaufen war. Zum Gespött aller hatte er sich gemacht, aber damals war ihm das egal gewesen.

Plötzlich ließ die Frau das Brückengeländer los und ging weiter.

»Viola«, flüsterte er vor sich hin und stoppte sein Rad. Als sie die Hinweisschilder passiert hatte und nach rechts abgebogen war, fuhr er bis zur Brücke. Mit einer Hand hielt er sich am Geländer fest und balancierte auf dem Fahrrad. Sie war in Richtung Waldrand gegangen. Das sollte sie nicht tun. Sie sollte nicht an einem heißen Abend in der Dämmerung hier herumlaufen. Es war ihr damals schlecht bekommen, sehr schlecht. Und er kam nie mehr davon los, nicht von den Bildern, von gar nichts. Er musste sie warnen. Er würde sie immer warnen müssen. Uli sah ins Wasser. Die Weser war nicht tief an dieser Stelle, aber wenn man von der Brücke sprang, würde man sich trotzdem schwer verletzen.

Schließlich stieß er sich vom Geländer ab und radelte langsam hinter der Frau her. Es dämmerte. Der Wald, vor dem der Weg am Fluss entlanglief, war dunkler geworden und warf lange Schatten auf die grünen Wiesen. Die Tannen über den Laubbäumen wirkten fast silbrig vor dem dunkelblauen Himmel. Plötzlich sah er sie am Waldrand anhalten und einen Schritt in die Büsche machen.

»Das sollte sie nicht tun«, murmelte er wieder. »Es ist gefährlich.« Aber die junge Frau war erwachsen. Beschützen konnte er sie nicht.

Er hielt das Rad an, drehte es und fuhr zurück zu den Hinweisschildern. Dann nahm er den steilen Weg nach oben in den Wald.

Klara sah sich um. Die Sonne war fast weg, nur einen rosafarbenen Streifen hatte sie am Himmel hinterlassen. Die Bäume waren hoch und dunkel, der Fluss verschwand im diffusen Licht. Aus der Ferne hörte sie das Glockengeläut des Kirchturms. Neun Schläge. *Viola Maria Göbel* stand auf dem Querbalken. Der Name ihrer Mutter, mitten im Wald, an einem Kreuz. *»Mama, ich vermisse dich«*, las sie halblaut. *»Deine Klara.«* Das hatte jemand für sie geschrieben und dort angebracht. Ihr Magen krampfte ein bisschen. Aber dafür gab es keinen Grund. Sie hatte vergessen, wie sich das anfühlte, die Mutter zu vermissen. Sie vermisste niemanden, nicht mal den Vater, der noch gar nicht so lange weg war. Ihr Blick wanderte auf den Spruch unter den Lebensdaten.

*Nichts ist mehr, wie es war*, hatten die Großeltern auf das Kreuz setzen lassen. Sie jedenfalls mussten ihre Viola schmerzlich vermisst haben. Mehr noch, irgendetwas am Unfall der Mutter musste unerträglich gewesen sein.

Klara sah noch einmal um sich. Dieses Kreuz hatte man nicht an der Bundesstraße errichtet, wo der Unfall passiert war. Es stand im Wald und strömte eine Verzweiflung aus, die überirdisch war.

Hier war etwas geschehen, etwas Furchtbares.

»Mama«, hörte Klara sich sagen, »Mama, was ist bloß passiert?« Ihre Stimme klang seltsam in der Stille. Plötzlich hörte sie ein Knacken und dann ein Rascheln über sich. Sie zuckte zusammen und blieb bewegungslos stehen. Jemand war im Wald. Nicht weit oberhalb musste der Radweg verlaufen, den sie heute Mittag heruntergekommen war. Wer ging oder fuhr um diese Zeit noch einen schmalen Weg durch dunkle Bäume? Sie wartete. Sekunden vergingen, aber mehr war nicht zu hören. Es blieb still. Klara trat einen Schritt zurück. Das war eine Amsel, sagte sie sich. Oder irgendein anderes Vieh, das durch die Blätter gelaufen ist. Sie verabscheute Leute, die sich ständig vor irgendwas fürchteten. Manche Frauen, die sie kannte, trauten sich im Dunkeln nicht aus dem Haus, sie fuhren mit dem Taxi zum Kino. Wie blöd war das denn.

Eine Weile zwang sie sich dazu, stehen zu bleiben und das Kreuz zu betrachten, vor dem ein Friedhofslicht stand, das nicht brannte, und daneben der Blumenstrauß in einer Plastikvase. Lilafarbener Sommerflieder und leuchtend gelbe Sonnenköpfchen. Von wem waren die Blumen? Verwandte gab es hier in der Gegend nicht mehr. Niemand würde ihr mehr sagen können, was passiert war.

Klara wusste, dass jemand der Mutter auf dem Weg zur Arbeit ins Auto hineingefahren war. Ein Geisterfahrer. Sie war sofort tot.

Irgendwann hatte Klara aufgehört, den Vater nach ihr zu fragen. Und jetzt gab es keinen mehr, den sie fragen konnte. Wie wäre ihr Leben verlaufen, wenn sie die Mutter gehabt hätte? Hätte sie sich ebenso verloren in der Welt gefühlt?

Sie drehte sich weg. Über der Wiese wurde der Mond intensiver. Ein Vogel gab ein rhythmisch wiederkehrendes Rufen von sich. Sie wandte sich wieder dem Kreuz zu und versuchte es noch einmal: »Mama, was ist dir passiert?«

In den Büschen vor ihr war es totenstill und dämmrig. Klara starrte auf das Kreuz. Das Foto von Viola verschwamm vor ihren Augen. Plötzlich waren die langen, blonden Haare auf dem Boden ausgebreitet. Einen Schimmer von Fleisch sah sie. Nackte Haut, einen Körper. Sie wich zurück auf den Weg und würgte. Als sie wieder aufsah, fiel ihr Blick auf Büsche, die sicher auf einem Boden standen, der von Zweigen und Blättern bedeckt war. Ein Körper lag da nicht.

Sie drehte sich zum Weg zurück. Der Mond beleuchtete das Gras der Wiesen kalt und fiel in einiger Entfernung auf eine Gestalt, die zu ihr herübersah. Der Mann war breitschultrig, er trug eine dunkle Hose und ein lose darüberhängendes Hemd. Neben ihm lag ein Fahrrad.

Klara stand einen Augenblick lang wie gelähmt. Was macht der Bauer hier um diese Zeit?, schoss ihr durch den Kopf. Dann fing sie an zu rennen.

## *10*

Hajo nahm das Messer aus der Schatulle und zog die Klinge einmal leicht über die Innenfläche seiner Hand. Ein roter Striemen blieb zurück, aber die Haut blieb geschlossen. Seitdem diese Klara hier gewesen war, konnte er sich auf nichts mehr konzentrieren, nicht mal auf die Internetschlacht, die er sich normalerweise um diese Zeit mit Tobias lieferte.

Er betrachtete sein Messer auf dem Schreibtisch und schob es unter ein paar Hefte. Wenn er bewaffnet war, kam er einfach besser drauf.

Als seine Mutter ihn zum Abendessen rief, riss er die Skaterhose und den Knieschutz aus dem Schrank und zog sich blitzschnell um, wobei er die Jeans mit einem Tritt unters Bett beförderte. Dann holte er die Inliner aus der Ecke neben dem Fenster hervor und lief an der offenen Küchentür vorbei nach draußen.

Als er die Tür hinter sich zugeknallt hatte, hörte er die Mutter hinter ihm herrufen. Die Alte nervte voll.

Die Ratte von oben hatte sich ihm gegenüber zum Glück nicht gemuckst. Wäre noch schöner, wenn die hier neuerdings etwas zu sagen hätte.

Auf der Dorfstraße waren nicht mehr viele zu Fuß unterwegs, die alte Ayse saß vor ihrem Haus auf der Bank, die sie so gestellt war, dass sie alles mitbekam, jedes Auto, jeden Passanten, jedes Gespräch, das auf der Straße geführt wurde. Die Alte sah alles, tat aber meistens so, als habe sie nur Augen für die Handarbeit in ihrem Schoß. Und immer gab sie vor, wenig bis gar kein Deutsch zu sprechen. Nur wenn Hajo an ihr vorbeikam, machte sie eine Ausnahme.

»Fall nicht auf dein schönes Gesicht, Hajo«, sagte sie jetzt zu ihm und lachte meckernd, jedenfalls hörten sich die Wörter mit türkischem Akzent so an. Ihm wurde heiß vor Ärger, aber wie immer würdigte er die Alte keines Blickes.

Eine Halfpipe gab es nur in der Nähe des Sportplatzes, aber der war ziemlich weit weg.

Er stellte sich mitten auf die Dorfstraße und jagte sie hinunter und wieder herauf. Immer wieder überholten ihn Autos, die mit beträchtlicher Geschwindigkeit durch das Dorf bretterten. Eins hupte laut, bevor es mit einem übertriebenen Bogen um ihn herumkurvte. Hajo fuhr die Hauptstraße auf und ab, drei Mal, vier Mal, so lange, bis er sein Blut in den Ohren rauschen hörte. Immer wieder sah er Ayse den Mund öffnen und lachen, wenn er vorbeiraste. Er dachte an sein Messer und daran, wie es wäre, ihr dieses Lächeln in die

Breite zu schneiden. Ein breites, blutiges Lächeln. Geiles Bild.

Als er wieder in der Tulpenstraße ankam, war er außer Atem und verschwitzt. Er ging breitbeinig, die Skates an den Füßen, was die Mutter immer ärgerte, durch den Flur in sein Zimmer. Er nahm das Messer vom Schreibtisch und versteckte es im Kleiderschrank.

Nachdem er sich ein frisches T-Shirt und seine Jeans angezogen hatte, schlenderte er in die Küche. Die Alten waren Gott sei Dank längst wieder verschwunden. Ein Teller mit drei Schnitten Brot, mit Wurst und Käse belegt, stand auf seinem Platz. Hajo setzte sich an den Tisch, die Fotos und Geburtsanzeigen wie immer im Rücken, und starrte auf die Eckbank, wo heute Nachmittag *sie* gesessen hatte. Sie wollte zu Vera. Ihre blonden Haare, die schmale Figur, sie hatte cool ausgesehen, geil. Leider viel zu alt für ihn.

Während er langsam eines der Brote aß, dachte er an Vera und an diesen Tag, diesen einen entscheidenden Tag, den er am liebsten nie erlebt hätte.

Er war von der Schule heimgekommen und hatte sie streiten hören, lautstark. Noch nie hatte er Mutter schreien hören oder auch nur die Stimme heben. Immer bewegte sie sich mühsam durch ihre Tage, so, als wäre sie schon lange alt und nicht erst vierzig, dann fünfundvierzig, schließlich neunundvierzig. Oder war die jetzt schon fünfzig? Hajo hatte keine Lust, an ihren Geburtstag zu denken. Mutter hatte Rheuma, Schmerzen in den Knien und im Kreuz, sagte sie, daran lag es, dass sie so langsam war. Nur in die Kirche, dahin schlich sie jeden Tag, dachte Hajo erbost. Dafür würde die Energie noch reichen, wenn er hier schon alle Hausarbeit für die Alten machen musste. Aber bis dahin war er weg, ein für alle Mal. Auf Nimmerwiedersehen.

Wenn das Gespräch auf den Vater kam, wurde sie lebhaft und erzählte von der Zeit, in der sie ihn kennengelernt hatte.

Mit achtzehn! Und wie lange es gedauert hatte, bis er kapiert hatte, dass sie ihn wollte. Einige Jahre hatte sie auf ihn gewartet. Sie, die Tochter eines Bankangestellten, der aus Hameln hierhergezogen war, um am Ortsrand ein Haus zu bauen. Ihn, den Bauernsohn, der nie woanders gelebt hatte und nichts kannte von der Welt!

Und wie romantisch das alles gewesen war. Ihre Hochzeit. Na ja, ein bisschen weniger Gäste waren da gewesen, als sie sich gewünscht hatte. Und die Kutsche, das war mehr so ein Planwagen von Pohlmeiers Nachbarn gewesen. Aber egal! Überhaupt, das war die beste Zeit ihres Lebens, die Zeit, die sie mit dem Vater erlebt hatte. Und von seiner Unschuld erzählte sie auch gerne. Unschuldig inhaftiert! Ein Unrecht! Ein schweres Schicksal, das die ganze Familie betroffen hatte. Als Hajo das einmal Tobias erzählt hatte, genau in den Worten der Mutter, hatte der ihn angesehen und ungläubig gegrinst. Dann hatte Tobi einen Satz gesagt, in dem das Wort Rumour vorkam. *Rumour has it* gab es jetzt auch als Popsong. Von Adele. Sie hatten ihn kürzlich in der Schule besprochen, da war Hajo das alles wieder eingefallen.

*Bless your soul, you got your head in the clouds. She made a fool out of you and, boy, she's bringing you down. … Rumour has it …* Hajo hatte Tobias damals nichts erwidern können. Ein Gerücht? Gerüchte waren ein No-Go in seinem Leben. Die Mutter hatte ihn immer schnell weggezerrt, wenn irgendwo geredet wurde. An allen Ecken standen sie. In den Läden quatschten sie. Sie trafen sich. Immer um zu reden, über andere, meistens, so sagte die Mutter, über Familie Pohlmeier, deren Ernährer im Gefängnis saß.

»So ein Gerede ist das Krebsgeschwür der Sünde«, sagte die Mutter. »Mit Gerüchten gibt man sich nicht ab.«

Wieder dachte er an den einen Tag, der alles verändert hatte. Seine ganze Welt hatte sich schiefgelegt. An diesem Wintertag kam er nach Hause, die Eingangstür stand auf und er hörte laute Stimmen. Vera schrie die Mutter an. Die Mutter verteidigte sich jammernd. Und dann kam sie verzweifelt schluchzend aus der Küche in den Flur gelaufen. Vera saß noch am Küchentisch, auf dem Platz am Kopfende, den sie für sich beanspruchte, und zündete sich gerade eine Zigarette an, als er hereinkam.

»Krieg ich auch eine?«, hatte er gefragt und sie sagte: »Bist du blöde? Du bist nicht mal zwölf.«

Er setzte sich ihr gegenüber.

Vera war wütend, das sah er an ihrem hektischen Ziehen an der Kippe. Sie blies den Rauch irgendwohin und inhalierte schnell wieder. »Diese blöde Kuh«, schimpfte sie plötzlich und dann kamen noch ein paar halblaute Flüche hinterher.

»Mama?«, fragte er und tat so, als hielte er auch eine Zigarette zwischen den Fingern. »Was hat Mama gemacht?«

»Mama, Mama«, höhnte sie. »Unser Mamalein und das Vatertier noch dazu. Du hast ja keine Ahnung! Du weißt gar nichts, Dummie. Eine Null bist du, die reinste Nullnummer.« Sie drückte die Zigarette in ihrer leeren Tasse aus und zündete sich die nächste an.

Hajo nahm den improvisierten Aschenbecher und atmete den Rauch ein, der von der noch glimmenden Zigarette aufstieg. Er war gekränkt. Waren sie nicht immer ein gutes Team gewesen, er und seine Schwester? Vera hatte sich oft um ihn gekümmert, ihn auf dem Schulhof von Ferne beobachtet, ob alles in Ordnung war. Er hatte das gemerkt, zugegeben hatte sie es nie, dass sie in den Pausen ein Auge auf ihm hatte und einzuschreiten bereit war, wenn ihm jemand etwas tun wollte.

Eigentlich bewunderte er sie. Sogar wie sie herumlief – die schwarzen Klamotten, die gepiercten Lippen, die weißlich blondierten Haare. Ihre Augen trug sie seit einiger Zeit fett schwarz umrandet. Das fanden alle notgeil und quatschten darüber in der Schule. Aber er nicht.

Sie machte, was sie wollte, hörte nur selten hin, wenn die Mutter ihr was sagte. So wie Vera, so würde er eines Tages auch sein. Natürlich kein Gothic. Auch Tobias fand das uncool, hatte er gesagt, als sie Vera einmal zusammen trafen und Hajo ihm stolz die schon fast erwachsene Schwester gezeigt hatte.

Aber eines Tages würde Hajo auf seine eigene Weise cool sein. Er stellte die Tasse wieder hin, als er Veras angewiderten Blick auffing.

»Ich hab voll die Ahnung, weißt du«, sagte er laut. »Jedenfalls eins steht fest ...« Er machte eine bedeutungsvolle Pause und wartete, ob Vera wenigstens kurz wieder zu ihm hinübersehen würde. Aber sie schaute zum Fenster, die Lippen zusammengepresst.

»Ich weiß genau Bescheid«, versuchte er es wieder, kleinlaut. Er dachte an den Typen, mit dem sich Vera ein paar Mal getroffen hatte und der oft in der Nähe der Schule herumlungerte. An manchen Tagen beschattete Hajo seine Schwester nämlich, was die aber nicht ahnte. Er musste wissen, was los war. Bestimmt hatte ihr die Mutter den Kontakt mit dem Typen verboten. Alles Fremde war für die Mutter kriminell. Sie hatte noch nie gewusst, wer ihre wahren Feinde waren. Dafür hätte sie sich nämlich in ihrer näheren Umgebung umsehen müssen, und das wollte sie nicht.

»Was denn, hä?«, höhnte Vera jetzt. »Du weißt gar nichts.« Sie schlug sich an die Stirn, fasste ihren Rucksack, stieß beim Aufstehen mit dem Knie gegen den Tisch und lief in ihr Zimmer. Er blieb noch eine Weile sitzen, dann ging er, vorsichtig Schritt vor Schritt setzend, hinterher. In ihrem Zimmer lag sie auf dem Bett und schluchzte. Als er sich näherte, setzte sie sich auf und sah ihn verzweifelt an. Der Kajal wurde von den Tränen weggespült und verschmierte ihre Wangen. Jetzt sah sie echt unterirdisch aus und er wusste wieder, warum er sie mochte.

»Hau ab«, sagte sie und sah ihn böse an, »verpiss dich.«

Er setzte sich auf ihre Bettkante und streichelte unbeholfen ihren Arm.

»Er ist ein Mörder«, brach es plötzlich aus ihr heraus. »Ein gemeiner, hinterhältiger Schuft. Eine eklige Ratte. Niemand will etwas mit mir zu tun haben. Sie hassen mich wegen ihm. Immer alles wegen dem.« Wieder schluchzte sie auf. Ein neuer Schwall Tränen brach sich Bahn und im Raum war es still.

Hajo hatte sie angesehen, weiter ihren Arm gestreichelt und es nicht geglaubt.

Und dann hatte sie ihm die ganze schweinische Geschichte erzählt und er hatte gewünscht, niemals auf diese Welt gekommen, auf jeden Fall aber nicht in diese Familie hineingeboren zu sein. Ein Stern lächelt. Er hätte kotzen können. Kurze Zeit später war Vera endgültig verschwunden und er war nicht mehr mit der Mutter nach Hannover gefahren, nie mehr. Jetzt war Vera für immer weg und sie hatten die Ratte im Haus.

## *11*

»Was wollen Sie?« Die Frau sah aus dem Fenster, auf Klara herunter, dann hielt sie sich die Armbanduhr vor die Augen.

»Kann ich Sie sprechen?«

»Moment mal.« Das Fenster knallte und kurz darauf kamen klappernde Schritte die Treppe herunter. Neben der kleinen Bank, auf der Klara heute Nachmittag in der Sonne gesessen hatte, öffnete sich eine unscheinbare Tür. Die Frau aus der Tankstelle trug einen Sommerschlafanzug und ihre Haare waren ungekämmt. Im Licht des Bewegungsmelders sah man ihre Fältchen um den Mund und die erschöpften Augen.

»Ich müsste mal dringend ins Internet«, sagte Klara, »Sie

haben doch bestimmt einen Computer mit Internetzugang, oder? Bei mir im Gasthaus haben sie keinen und ich muss dringend … beruflich, wissen Sie?«

»Ich bin schon fast im Bett.« Jetzt wurde die Frau ärgerlich. »Außerdem habe ich keinen öffentlichen Rechner, die im Gasthaus müsste sich endlich mal einen anschaffen. Aber da läuft einfach gar nichts mehr. Haben Sie denn kein Handy?«

»Akku alle«, sagte Klara, ging einen Schritt auf die halb geöffnete Tür zu und blieb abrupt stehen. Ihr Blick fiel auf eine Vase, die im Hausflur auf einem Schränkchen stand. Frische Gartenblumen verströmten einen leichten Duft, Sonnenköpfchen und Sommerflieder.

»Können Sie nicht morgen in den Laden kommen?«

»Ich habe …«, fing Klara an, »… die Frau, die verunglückt ist, am Waldrand, kennen Sie das Kreuz, das da steht?«

»Das kennt doch jeder. Man kommt ja kaum daran vorbei.« Die letzten Worte kamen gedehnt und ohne dass sie Klara aus den Augen ließ. »Also, die Frau selbst kannte ich ja nicht. Ich bin nicht von hier, ich bin aus Rinteln. Aber mein Mann kannte sie. War eine Klassenkameradin von ihm. Er hat ständig von ihr erzählt. Vom Opfer, meine ich.«

»Opfer?«, fragte Klara. Das klang nicht nach Verkehrsunfall, eher nach einer Leiche an einem unheimlichen Ort wie dem, wo sie gerade war.

Ein kleines, rhythmisches Pochen war neben dem rechten Auge der Frau zu sehen. Klara riss sich davon los. »Ist ihr was passiert? Ein Verbrechen?«

Die Frau nickte und griff gleich darauf nach Klaras Arm. »Kommen Sie mit rein, ich hole Ihnen was zu trinken.«

Klara lehnte an der Wand, als sie mit einem Glas in der Hand wiederkam.

»Das war alles furchtbar. Ich rege mich über die ganze Geschichte auch immer noch auf. Wissen Sie, mein Mann, der hat sich eine ganze Weile für nichts anderes mehr interessiert. Viola hier, Viola da. Die Todesumstände, der Gerichtsprozess. Er war völlig weggetreten. Nicht mal um unsere Tochter hat er sich gekümmert. Marlene war da noch ziemlich klein. Und ich war erst so kurz hier. Aber das war alles nichts mehr wert. Ich weiß auch nicht, warum.« Die letzten Sätze klangen bitter.

Klara stürzte das Wasser hinunter und gab ihr das Glas zurück. »Ich muss genau wissen, was passiert ist«, sagte sie mit sämtlicher Energie, die sie aufbringen konnte. »Alles. Sie erzählen mir die ganze Geschichte, ja?«

»›Kaputt gemacht hat er sie‹, sagt mein Mann. ›Wenn ein Mann ein paar Bier intus hat, wird er zum Tier‹, sagt er immer. Der dachte wohl, er könnte sich danach verstecken, das Schwein. Hass und Dummheit, wenn die zusammenkommen, ist alles zu spät, wenn Sie mich fragen.« Sie hatte sich in Rage geredet und dabei mit dem ausgestreckten Zeigefinger auf die geschlossene Haustür gewiesen.

Klara schluckte leer und hörte ihr Blut in den Ohren rauschen. Ihre Augen irrten weg von dem Gesicht der Frau, das sich gerötet hatte, in Richtung des ausgestreckten Zeigefingers.

»Hat man den Täter denn gefasst?«, fragte sie schwach.

»Natürlich, den haben die schnell ermittelt. Einer aus dem Dorf war das. Ein Bauer. Wohnt keine zehn Minuten von hier entfernt. Hier kennt ja jeder jeden. Der war oft zum Tanken hier gewesen«, schloss sie düster.

»Was ist passiert? Ich will alles wissen, hören Sie.«

Die Frau sah sie besorgt an. »Na, ich weiß nicht«, sagte sie zweifelnd. »Meinen Sie, das ist eine gute Idee? Außerdem, ich kenn Sie gar nicht, wieso interessiert Sie das so? Ich bin übrigens die Meike«, unterbrach sie sich und hielt Klara die Hand hin.

»Ich bin die Tochter«, sagte Klara.

Einen Augenblick lang schwiegen beide. Dann fasste Meike sich wieder. »Die Tochter von, ach, du lieber Schreck.

Aber dann sind Sie ja über zwanzig, Sie sehen noch so jung aus. Jetzt erinnere ich mich, das hat mir mal eine Frau aus dem Dorf erzählt. Da hat es ein Kind gegeben, aber das war dann so schnell weg. Die ganze Familie war plötzlich verschwunden. Kann man ja wohl verstehen. Das waren Sie? Und Sie wissen das gar nicht, was hier passiert ist?« Sie sah Klara entsetzt an. »Hat Ihnen denn damals niemand was erzählt? Auch Ihr Vater nicht?«

Klara schüttelte den Kopf. »Ein Autounfall, hat er gesagt. Weiter nichts.«

Meike schwieg. Dann besann sie sich und deutete auf die Treppe. »Wir gehen nach oben. Muss doch mal Schluss sein mit der Geheimniskrämerei, also wirklich.«

Klara stieg langsam hinter ihr die Stufen hinauf.

»Muss doch mal für irgendwas gut sein, dass der hier immer …« Der Rest war nicht zu verstehen.

Oben befand sich ein kleiner Flur. Von der Treppe aus fiel der Blick auf einen Tannenwald, in Öl gemalt. Von jeder Seite des Flures gingen zwei Türen ab. Meike machte ein paar Schritte auf den ersten Raum auf der linken Seite zu, in dem der Fernseher gedämpftes Licht erzeugte. Auf dem Sofa, das man durch die geöffnete Tür sah, lag eine braune Wolldecke, achtlos beiseitegeschoben. Sie schloss die Wohnzimmertür und schob Klara in ein kleines, kühles Büro neben dem Wohnzimmer, in dem die Rollos hinuntergelassen waren. Ein Regal aus Kiefernholz bedeckte die Wand hinter dem Schreibtisch, es enthielt eine Reihe uneinheitlich beschrifteter Aktenordner.

Meike trat an den Schreibtisch und griff hinter einen Ordner, auf dem *Abrechnungen 1985* stand. Sie kramte eine Weile herum und zog dann eine Mappe heraus, die von außen nicht sichtbar gewesen war.

»Der denkt, ich weiß nicht Bescheid«, sagte sie halblaut und klappte mit einer Hand den Laptop auf dem Schreibtisch zu. Mit dem Arm schob sie einen Haufen Papiere beiseite und ließ Klara hinter dem Schreibtisch Platz nehmen. Dann legte sie die Mappe wortlos vor sie und verschwand.

*Viola Göbel* stand in blauer Schreibschrift auf einem Klebeschild auf dem Deckel.

Klara wandte den Blick ab und ließ ihn durch den Raum schweifen. An der Wand gegenüber waren alte Musikboxen aufgestellt. Eine schwarze Masse an Geräten. Mehrere Hi-Fi-Türme undefinierbaren Alters und ein Plattenspieler auf einem Phonoschrank von der Art, wie ihn ihre Großeltern früher besessen hatten. Neben den Boxen sah sie Ständer mit angegilbten Schallplattenalben. Außer dem Schreibtisch und dem Bücherregal gab es keine Möbel im Zimmer. Der Fußboden hatte einen dunkelblauen Teppichbelag, der leicht staubig wirkte.

Klara ließ den Kopf auf den Schreibtisch sinken und dachte an einen Briefkasten, den sie mal irgendwo gesehen hatte, in einem Bergdorf in Österreich. Irgendein Scherzkeks hatte *Ich fühl mich so leer* daran gekritzelt. Sie fand das so lustig, dass sie es fotografiert und das Foto an ihren Kühlschrank geklebt hatte. Aber das war in einem anderen Leben gewesen.

*Kaputt gemacht hat er sie,* dröhnte in ihrem Kopf, *Hass und Dummheit. Der Täter war aus dem Dorf.*

Sie schlug die Mappe auf und fing an, die ausgeschnittenen Zeitungsartikel zu lesen.

4. August 1997

SPAZIERGÄNGER FANDEN NACKTE FRAUENLEICHE.

26-JÄHRIGE JOGGERIN ERMORDET.

Untervörde (Kreis Holzminden). In unmittelbarer Nähe des Weserradweges ist die Leiche einer unbekleideten Frau aufgefunden worden, die nach Aussagen der Polizei einem Gewaltverbrechen zum Opfer fiel.

Die Ermittler teilten am Samstag mit, dass die Spuren am Fundort auf eine vorsätzliche Tötung hinwiesen. Der Tat sei offensichtlich ein Kampf vorausgegangen, wie die Spuren am Leichnam zeigten. Spaziergänger hatten die Tote am Freitagabend gegen 21:10 Uhr in einem Waldstück bei Untervörde gefunden. Das Opfer habe regelmäßig auf dem Weserradweg gejoggt. Die 26-Jährige war den Ermittlungen zufolge gegen 17:20 Uhr von ihrem Wohnhaus zu einer Joggingrunde aufgebrochen, von der sie aber nicht zurückkehrte. Daraufhin alarmierte der Ehemann die Polizei.

6. August 1997

## TATVERDÄCHTIGER GESTEHT: »HATTE FILMRISS!«

Untervörde (Kreis Holzminden). Der Mord an einer 26 Jahre alten Frau im Kreis Holzminden ist aufgeklärt. Wie Polizei und Staatsanwaltschaft am Montag mitteilten, räumte ein Tatverdächtiger bei seiner Vernehmung am Montagmittag die Tat weitgehend ein.

Den Polizeiangaben zufolge ergab eine DNS-Analyse von Hautpartikeln unter den Fingernägeln des Opfers, dass diese Spuren von dem 34 Jahre alten Beschuldigten stammen. Ferner habe das DNS-Profil des Mannes mit den am Körper der Frau gesicherten Proben übereingestimmt. Der Mann, der aus demselben Ort stammt wie das Opfer, sollte noch am Montag dem Haftrichter vorgeführt werden.

Bei dem Verdächtigen handelt es sich um den Fahrradfahrer, nach dem die Polizei zunächst gefahndet hatte, weil sie ihn für einen wichtigen Zeugen hielt. Er war am Tatabend beobachtet worden, wie er mit der später getöteten Frau gesprochen haben soll, hieß es. Bei seiner ersten Aussage habe der 34-Jährige noch angegeben, sich nicht mehr an den Abend erinnern zu können, weil er nach einer Feier stark alkoholisiert gewesen sei.

Spaziergänger hatten am Freitagabend am Weserradweg den nackten Leichnam der Frau entdeckt. Die Obduktion ergab, dass die 26-Jährige erdrosselt worden war.

In der nächsten Stunde hörte man in dem kleinen Büro nicht viel mehr als das Knistern der Plastikfolien, aus denen Klara die Artikel nahm und in die sie sie wieder hineinschob.

Eine Zeitung zeigte immer wieder ein Foto des Opfers; eine blonde Frau, die in der Hocke an einem Strand saß und in die Kamera lächelte. Klara suchte in der oberen Schreibtischschublade nach einer Schere, fand keine, riss das Bild aus der Zeitung. Sie kannte es. War es der Vater gewesen, der Abzüge davon an die Behörden übergeben und später einen davon an das Kreuz geheftet hatte? Sie hielt das Foto vor ihr Gesicht und versuchte, den Blick der jungen Frau auf sich zu lenken. »Was ist passiert?«, flüsterte sie. »Wie konnte dir das passieren?«

Dann lehnte sich Klara im Schreibtischstuhl zurück und schloss die Augen.

Viola war draußen, wie immer. Es war ein schöner Abend. Fast zu heiß zum Joggen. Nach der Arbeit war sie mit der kleinen Tochter vielleicht im Schwimmbad im Nachbarort gewesen. Dann kam ihr Mann von der Arbeit zurück und konnte das Kind beaufsichtigen. Viola tat eine Menge für ihre gute Figur. Jeden Tag joggte sie. Alle im Dorf kannten ihre tägliche Laufstrecke. Hier zu Hause, an der Weser, in den Wäldern, war alles vertraut. Hier fühlten sich alle sicher. Man passte aufeinander auf.

Nach dem Lauf durch das Dorf bog sie rechts ab, am Schützenhaus vorbei und erreichte die Weserbrücke. Da stand jemand, den sie kannte. Als sie mit einem kurzen Gruß vorbeilaufen wollte, hielt er sie an. Er sagte vielleicht: »He, Viola, heiß heute, was?« oder »Hallo, Viola, wie geht's?«, und sie sah, dass er schon ein bisschen schwankte, während er sich mit der Hand am Brückengeländer festhielt und auf dem Fahrrad balancierte.

Sicher, sie wäre lieber ohne Unterbrechung weitergelaufen, aber man war höflich im Dorf, man plauderte ein bisschen, obwohl man dadurch aus dem Tritt kam. Irgendwann gelang es Viola, das Gespräch zu beenden, sie hob kurz die Hand und winkte. Vielleicht dachte sie beim Weiterlaufen an ihre Arbeit. Oder sie überlegte, ob sie noch ein Kind haben wollte, nachdem der Ehemann sich so dringend noch eines wünschte und wo doch alles so gut klappte, ihr fester Job im Supermarkt und die gemeinsame Betreuung von Klara, mit der das Leben so viel schöner war.

Beide Großelternpaare lebten in der Nähe, die eigenen Eltern sogar im gleichen Haus, das war wunderbar.

Ja, das könnte sie überlegt haben. Oder etwas anderes. Jedenfalls folgte ihr der Mann, mit dem sie gesprochen hatte. Wann bemerkte sie das? Als er sein Rad an den Wegrand warf und sich auf sie stürzte? Oder war es ihr vorher schon aufgefallen und sie hatte sich zu Tode erschrocken, wenige Minuten bevor er sie auf brutalste Weise misshandeln, verletzen und ihr die Blutzufuhr zum Gehirn abdrücken würde?

Wie lange muss man einen Menschen würgen, bis er tot ist? Fünf Minuten? So lange dauert es bei einem Kind, hatte Klara mal gelesen.

Sie schob den Stuhl zurück, sprang auf und trat in den Flur. Sie öffnete die gegenüberliegende Tür, hinter der sie das Badezimmer vermutete, knipste das Licht an und sah, dass sie in einem Jugendzimmer gelandet war. Jon Bon Jovi blickte von einem Poster ins Zimmer. Auf dem Bett lag eine penibel glatt gezogene Daunendecke, der kleine Schreibtisch war abgeräumt. Auf dem Schränkchen neben der Tür lag ein Staubfilm. Klara schloss die Tür schnell.

Daneben fand sie endlich das Badezimmer. Sie erbrach sich ins Waschbecken, zur Toilette schaffte sie es nicht mehr. Sie spülte das Hochgewürgte weg und betrachtete sich im Spiegel. Das, was sie geahnt hatte, vorhin im Wald, das war passiert. Ihre Mama, diese hübsche, zierliche Person, auf die sie neidisch sein wollte, war überfallen, missbraucht und ermordet worden. Ihr war Gewalt angetan worden. Klaras Magen krampfte und sie beugte sich über die Toilettenschüssel. Für eine ganze Weile hatte sie das Gefühl, nie mehr vom Boden aufstehen und ihr Gesicht von der Kloschüssel wegbewegen zu können. Erst der Gedanke an die Artikel, die sie noch lesen musste, trieb sie wieder hoch.

Sie wusch sich Gesicht und Hände und strich durch die Haare mit irgendeiner Bürste, die sie achtlos von der Fensterbank nahm. Als sie wieder im Flur stand, schob sie die angelehnte Tür zum Wohnzimmer leicht auf. Der Fernseher lief und Meike lag auf dem Sofa, unter der Decke. Im Zimmer war es warm, aber auch hier waren die Fenster fest verschlossen. Meike schlief mit offenem Mund. Wie konnte sie das, sich so einfach schlafen legen?

Klara ging langsam und mit unsicheren Schritten zurück ins Büro. Die nächsten Zeitungsartikel, die sie las, handelten von dem Gerichtsprozess, bei dem Violas Mann und ihr Vater als Nebenkläger auftraten. Man sah die beiden auf Fotos. Wie brachte man das fertig? Aus dem Bett aufstehen, sich waschen, rasieren, anziehen, zum Gericht fahren und dem Mörder ruhig ins Gesicht sehen, der einem die Ehefrau und Tochter genommen hatte?

Klara fing an, wichtige Artikel neben den Ordner auf einen Stapel zu legen. Auch ein paar Fotos riss sie aus.

Das alles mussten sie durchmachen und ich habe nichts davon mitgekriegt, dachte sie, während sie die Zeitungsstücke faltete und in ihrer Hosentasche verschwinden ließ. Auch Oma. Sie haben mich weggeschickt. Und ich habe immer gedacht, sie sind alle durchgeknallt. Die heimliche Beerdigung, der schnelle Umzug. Diese Gemeinheit.

Sie schob den Ordner beiseite, stand auf und ging im Raum umher. Dann blieb sie an dem Stapel Schallplatten stehen. Queen lag obendrauf, darunter Deep Purple und

Emerson, Lake and Palmer. Die Geräte waren verkabelt. Jemand hörte diese Musik immer noch und rockte vielleicht regelmäßig dazu ab.

Klara setzte sich wieder an den Schreibtisch und legte den Kopf darauf. Plötzlich fühlte sie sich von einem Gedanken alarmiert. Sie setzte sich auf und zog den Ordner wieder heran. Hans-Joachim Pohlmeier. So hieß der Nachbarsjunge, den sie heute getroffen hatte. Seit Generationen wohnte Klaras Familie schon neben dem Bauernhof der Pohlmeiers. Sie blätterte in den Plastikfolien und suchte nach Bildern. Es gab eine Zeichnung aus einer Gerichtsverhandlung. Unverkennbar – eine jüngere und kräftigere Ausgabe des Mannes, der sich heute, bei ihrem Anblick, schnell verzogen hatte. Damals mit Stoppelhaaren und einem Nacken wie ein Stier. Jetzt war er mager und kahl und lief ein bisschen gebeugt. Aber die kleinen Augen hinter der Brille – es war nicht zu fassen! Der Mann, der dort in der Tür gestanden hatte, als sie mit Hajo über Vera sprach, war Veras und Hajos Vater und der Mörder ihrer Mutter. Aber das ging doch nicht, der Täter war verhaftet, vor Gericht gestellt und bestimmt auch verurteilt worden. Oder etwa nicht? Hatte man dieses Monster laufen lassen?

10. Juli 1998

LÄCHERLICHES PLÄDOYER IM PROZESS VIOLA G.

Untervörde (Kreis Holzminden). Im Prozess um den Mord an der 26-jährigen Viola G. aus Untervörde hat der Verteidiger des Angeklagten Bernd P., Dr. Udo Seifert, auf fahrlässige Tötung plädiert. Das geforderte Strafmaß von höchstens vier Jahren quittierte das Publikum im Gerichtssaal mit Hohngelächter.

Dem Landwirt wird vorgeworfen, im August 1997 Viola G. am Weserradweg vergewaltigt und erdrosselt zu haben. Die Staatsanwaltschaft fordert lebenslange Haft für Bernd P. Dagegen beurteilt der Rechtsanwalt des Angeklagten die verhandelte Tat als fahr-

lässige Tötung. Bernd P. sei ein unbescholtener Bürger mit einer engen Bindung zu seiner Familie, der bislang ein tadelloses Leben geführt habe. Diese Worte rührten den Angeklagten zu Tränen.
Im Vorfeld der Ereignisse am frühen Abend des 1. August 1997 habe sein Mandant bei einem Vereinsfest bis zu sieben Liter Bier getrunken. Mit einem Blutalkoholgehalt von 3,2 Promille sei er erheblich alkoholisiert gewesen. Er habe sich in einem Zustand verminderter Schuldfähigkeit befunden. Der Anwalt zitierte drei Zeugen, die angaben, Bernd P. habe gelallt, geschwankt, sich am Bierpilz festgehalten und »geguckt wie ein Ochse«.
Eine zweifelsfreie Aussage über den Ablauf der Tat lasse sich nicht mehr machen. Der Sex sei laut Einlassung seines Mandanten einvernehmlich erfolgt. Die Kratzer am Körper des Angeklagten seien keine typischen Abwehrverletzungen. Weder der Vorwurf der Vergewaltigung lasse sich erhärten, noch die Verdeckungsabsicht, die ihm unterstellt werde. Auch gäbe es keine Hinweise, die das Gericht zu der Feststellung einer besonderen Schwere der Schuld nötigen könnten. Eine bewusste und planmäßige Vorgehensweise sei Bernd P. nicht nachzuweisen, ebenso wenig, dass der Angeklagte der Frau außergewöhnliche Qualen zugefügt hätte, wie von Staatsanwaltschaft und Nebenklage behauptet werde. Der Vorwurf, die Frau sei über eine halbe Stunde lang vergewaltigt worden, bleibe unbeweisbar.

12. Juli 1998

## VERGEWALTIGUNGSOPFER GEFOLTERT. OBDUKTION ENTHÜLLT GRAUSAME DETAILS

Untervörde (Kreis Holzminden). Im Prozess gegen den wegen Mordes angeklagten Bernd P. hat heute der Gerichtsmediziner Prof. Dr. Peter Sander sein Gutachten vorgestellt. Darin beschrieb er die Verletzungen der am Weserradweg getöteten Viola G.
Das Ergebnis des Rechtsmediziners: Die festgestellten Verletzungsmuster belegen, dass die 26-jährige Frau nicht erwürgt, sondern erdrosselt wurde. Ein Erwürgen hätte zu stärkeren Ab-

drücken der Finger am Hals und zu massiveren Verletzungen des Kehlkopfes geführt. Die umfangreichen Stauungsblutungen dokumentieren aus Sicht des Forensikers dagegen ein Erdrosseln. Höchstwahrscheinlich habe der Täter dafür ein Kleidungsstück benutzt, möglicherweise das T-Shirt der Joggerin.

Die Schwere der Verletzungen sei hervorzuheben. Die Frau wurde geschlagen, wie Spuren am Kopf und im Gesicht belegten. Starke Unterblutungen an den Schultern und der Brust lassen annehmen, dass der Angeklagte auf dem Opfer gekniet habe. Der Mediziner berichtete von Rissen an Milz und Leber, ebenso von Verletzungen an den Beinen, die zum Vorwurf passten, Bernd P. habe die Frau an den Beinen gezogen. Weiterhin hätte sich an verschiedenen Körperstellen der Leiche Sperma befunden, welches vom Landeskriminalamt als das des Angeklagten identifiziert wurde.

Klara schob den Ordner weg. Sie saß eine Weile mit hängenden Schultern bewegungslos und starrte auf den Teppich neben dem Stuhl. Ihr Inneres fühlte sich kalt an, betäubt.

Dann legte sie das Foto vor sich auf den Tisch und sah ihrer Mutter ins Gesicht.

Plötzlich war sie in Gedanken am Waldrand, auf dem Radweg. Die Luft war immer noch heiß, ihr T-Shirt klebte am Rücken. Sie lief durch die grünen Wiesen und dachte an gar nichts. Insekten summten, Vögel zwitscherten, Nelkenduft. Ein wunderbares Gefühl in den Muskeln von der gleichmäßigen Bewegung. Schweiß lief ihr in den Nacken und bewies, wie viel sie leistete. Im Laufen richtete sie sich auf und straffte die Schultern. Plötzlich ein Geräusch hinter ihr. Noch bevor sie es identifizieren konnte, sackte sie in die Knie. Jemand hatte ihr auf den Hinterkopf geschlagen, umklammerte sie und trat ihr in die Kniekehlen. Als ihr Widerstand nachließ und sie auf den Boden fiel, packte er ihre Arme und schleifte sie tief in den Wald. Zweige und Blätter schrappten an ihrem Rücken entlang. Das Warme, Feuchte, das sich jetzt an ihren Armen und Beinen und wohl auch an ihrem Rücken sammelte, war kein Schweiß, es war Blut. Als sie plötzlich losgelassen wurde und auf irgendetwas Spitzem zu liegen kam, versuchte sie, sich aufzurichten, wollte schreien. Der Mann presste ihr die Hand auf den Mund und riss ihr mit der anderen die Hose hinunter. In diesem Moment bekam der Gedanke in ihrem Kopf einen Namen.

Bernd, das war Bernd, der sie zusammenschlug. Früher war er nichts weiter als der ältere Junge vom Nachbarhof gewesen, der in ihre Umgebung gehört hatte. Bernd stand einfach immer irgendwo und sah ihnen zu. Sie schnappte vergeblich nach Luft. Schläge prasselten auf ihren Kopf. Sie biss in seine Hand, er zog sie weg. Dann war er auf ihr. Ein Schmerz durchstieß ihr Schultergelenk. Auf ihrer Brust kniete ein Monster, dessen grinsende Zähne sich vor ihrem Gesicht bewegten. Sie schrie, sie wand sich und schlug mit Armen und Beinen um sich, während ihr Schlüsselbein brach und ihre Organe rissen. Er stopfte ihr den Mund, ejakulierte auf sie und presste ihren Körper mit aller Gewalt auf den Boden. Dann zog er das T-Shirt um ihren Hals zu, bis sie sich nicht mehr bewegte.

Es konnte jeder passieren. Es war ihr passiert.

13. Juli 1998

LEBENSLANG FÜR UNTERVÖRDER MONSTER

Untervörde (Holzminden). Wenige Tage nach der Vorstellung des forensischen Gutachtens wurde der Mörder von Viola G. zu einer lebenslangen Haftstrafe verurteilt.

An den letzten Satz hatte jemand mit Bleistift geschrieben: *Bei guter Führung ist das Schwein nach ein paar Jahren wieder draußen.*

Klara sprang auf, ihre Knie zitterten so, dass sie kaum stehen konnte. Sie rannte aus dem Büro, durch den dunklen

Flur, an der Wohnzimmertür vorbei und dann die Treppe hinunter, so schnell sie es schaffte. *Nichts ist mehr, wie es war,* dachte sie. Oma und Opa haben recht gehabt. *Nichts ist mehr.*

Als sie an der Haustür stand, öffnete diese sich plötzlich und der Mann stand davor. Seine Alkoholfahne wehte Klara ins Gesicht. Sie schrie auf und packte einen Gegenstand, der irgendwo herumstand. Die Vase. Sie schlug zu, ein Schmerz zuckte durch ihren Arm. Die Vase glitt ihr aus den Händen und zerschellte auf dem Boden. Die Blumen waren in einer Pfütze gelandet, direkt neben dem Tankwart, der wie ein Sack auf dem Boden lag.

Mit dem letzten Blick sah Klara oben an der Treppe Meike stehen und auf ihren Mann starren, der sich nicht rührte. Ihr Blick wanderte zu Klara. Sie sagte kein Wort und tat nichts, um Klara aufzuhalten.

## *12*

Klara ging die dunkle Dorfstraße entlang und rieb sich den Arm. Der Tankwart hatte es verdient! Warum musste er sie auch zu Tode erschrecken? Den ganzen Tag war der so komisch um sie herumgeschlichen. Aber er war nicht der Richtige gewesen. Nicht der, den sie treffen wollte.

Ihr Kopf war plötzlich wieder klar. Keine Wolken mehr, die ihr an unterschiedlichen Stellen Druck im Kopf verursachten.

Der Mörder ihrer Eltern und Großeltern, der wohnte hier im Dorf. Es war nicht zu fassen. Sie hatte ihn sogar gesehen. Den Mann mit der Nickelbrille, dieser Stiernacken, das Vieh. Sie wusste genau, wo er sich aufhielt. Er war die Treppe hinuntergekommen, hatte in der Tür gestanden und sie angesehen. Heute Abend, jetzt vielleicht schon, lag er in seinem kuscheligen Bett und ruhte sich aus für den nächsten

Tag, an dem er weiterleben würde. Noch dreißig Jahre vielleicht, in Ehren, in seinem Heimatort, zusammen mit seiner Alten, dieser fetten Kuh. Das kalte Grab auf dem Friedhof war noch Jahrzehnte von ihm entfernt. Sie ballte die Fäuste. Ihre Beine fingen von selbst an zu laufen. Außer Atem überquerte sie die Hauptstraße und bog in die Tulpenstraße ein.

Vor der Tür zögerte sie nicht. Sie hielt den Finger auf den Klingelknopf und drückte fest. Im Haus rührte sich nichts. Die Rollos waren so dicht heruntergelassen, dass kein Licht nach außen drang. Es war kurz nach dreiundzwanzig Uhr, die Leute mussten da sein. Sie hatten sowieso nicht danach ausgesehen, als ob sie abends in die Stadt fuhren, ins Kino gingen oder in einem Restaurant aßen. Nein, danach sahen sie nicht aus. Garantiert versackten sie jeden Abend vor dem Fernseher wie wohl die meisten hier. Wie ist das bloß möglich, dass ein solcher Täter keine Sicherheitsverwahrung bekommt, überlegte sie, während sie ihren Finger auf dem Knopf hielt. Vor Gericht hatte der Mörder üble Geschichten erzählt, die sein Opfer verhöhnten und beleidigten. Seine Lügen hatten die Angehörigen ohnmächtig gemacht vor Wut. Sie wurden sogar von der örtlichen Presse aufgegriffen. Viola hatte es gewollt, sie hatte es bekommen. Sie hat es gewollt, sie hat es bekommen, so reden sie, diese Schweine.

Klara spürte, wie sich ihr Gesicht verzerrte. Die Opfer schämen sich in der Regel, fiel ihr ein. Das war bekannt. Nicht die Täter, sondern die Opfer sind vor Scham wie gelähmt, wenn ihnen etwas angetan wird. Was hätte wohl ihre Mutter damals getan, wenn sie den Abend im August überlebt hätte? Wenn sie sich von den schweren Verletzungen wieder erholt hätte? Wie hätte sie ihr Leben ertragen? Und der Vater?

Ein Sexualverbrechen ist die höchste Form von Gewalt, dachte Klara. Schlimmer geht's nicht. Und in den USA ist

Vergewaltigung ein *hate crime*, genauso wie rassistische Angriffe, und deshalb stärker zu bestrafen als andere Verbrechen. So was in der Art hatte sie kürzlich gelesen.

Wieder drückte Klara den Klingelknopf. Und noch einmal.

Niemand öffnete. Das Haus lag totenstill da. Was will ich eigentlich bei diesem Schwein, fragte sie sich. Ihn abstechen? Ihn erwürgen? Warum er das getan hat, will ich wissen. Ich will, dass er über sich selbst spricht. Er soll sagen, was er uns angetan hat. In der Öffentlichkeit. Er soll sich selbst unmöglich machen in seinem Leben. Gerechtigkeit will ich.

Was war mit Vera, gehört sie am Ende auch dazu? Ist sie so wie er?

Ich werde nach ihr suchen, dachte sie plötzlich. Ich will wissen, ob sie sich losgesagt hat von dem Schwein. Wie können diese Leute so weiterleben, einfach immer weiter?

*Sie hat es gewollt, sie hat es bekommen.*

Klara schluckte und hielt sich einen Augenblick lang an der Tür fest. Im Haus rührte sich noch immer nichts.

Ihr Herz pochte so laut, dass man es bestimmt überall hören konnte. Sie drehte sich um und sah die Straße hinunter, die jetzt nur noch schwach erleuchtet war von dem Licht, das aus den Häusern fiel und von einzelnen Lampen in den Vorgärten. Die Straßenbeleuchtung wurde hier wohl schon vor Mitternacht abgeschaltet. Es war jetzt fast so dunkel wie im Wald.

Wenig später ging sie langsam, mit hängenden Schultern die Straße hinunter in Richtung Hauptstraße.

Sie fühlte sich geschlagen. Aber diesem Gefühl würde sie nicht nachgeben. Sie würde sich wehren und jede Scham weit von sich weisen. Na wartet, dachte sie. Ich werde es euch allen zeigen. *Nichts ist mehr, wie es war.* Auch für euch nicht.

Sie stolperte über irgendetwas, das wie ein Stein aussah, fing sich wieder und lief unsicher weiter, wie ein Betrunkener, der den Weg kennt, ihn aber kaum noch gehen kann.

Wenn sie sich in diesem Moment umgedreht hätte, wäre ihr nicht entgangen, dass sich bei den Pohlmeiers die Tür geöffnet hatte und jemand auf die Straße hinter ihr getreten war. Er folgte ihr langsam und geräuschlos.

# Montag, 6. August 2012

## *13*

Marion Pohlmeier ließ die Hand mit dem Pinsel sinken und sah sich um. Sie war heute so unruhig gewesen, dass sie mit der Arbeit gar nicht wieder aufhören konnte. Schon fünf Sperrholzfiguren hatte sie bemalt. So viel schaffte sie sonst an zwei, drei Tagen. Oft brauchte sie noch länger dafür.

Sie liebte ihre Sperrholzkinder. Wenn Marion mit dem Bus durch die Ortschaften der Umgebung fuhr, sah sie die Figuren immer als Erstes. Nur sie selbst wusste, wie sie sich unterschieden. Heimlich hatte sie ihre Erkennungszeichen an den Holzkindern untergebracht, mal einen kleinen, gelben Fleck am Anorak, mal ein schwarzes Kreuzchen an einem Gummistiefel.

Die Sperrholzkinder standen an Ecken und Kreuzungen und liefen mit ihren gelben Gummistiefeln und den blauen Schulrucksäcken direkt auf die Straßen zu. Eine Warnung für die Autofahrer, die bei ihrem Anblick meistens auf die Bremse traten.

Als Marion die Aufgabe übernommen hatte, die Figuren zu gestalten, schlug sie auch gleich die Farben vor. Kräftig sollten sie sein. Gelb und Blau zum roten Anorak. Dazu grüne Hosen. Um jeden Preis auffallen sollten die Sperrholzkinder.

Sie warf einen letzten Blick auf ihr Werk. Die Figuren leuchteten intensiv, obwohl sie sie so schnell und hektisch angestrichen hatte. Kein Autofahrer würde sie übersehen, jedenfalls so lange, bis sie vom Straßendreck grau geworden waren. Es war so ärgerlich, dass die Sperrholzkinder nicht regelmäßig, jedenfalls nicht oft genug, gesäubert wurden.

Das war wie mit den Wanderhinweisen in den Ortschaften, die nur einmal im Jahr abgewaschen wurden und die ansonsten kaum zu lesen waren. Ach, was soll's, sie hatte wirklich andere Sorgen.

Der vertraute Geruch der frischen Farbe war beruhigend. Eine Weile stand sie da und lauschte. So totenstill wird es jetzt immer um sie sein. Sie könnte einfach so stehen bleiben und sich nicht mehr rühren, das würde niemandem auffallen. Doch, Gerda vielleicht. Irgendwann käme die Nachbarin an und würde durch ihre lauten Rufe auf dem Hof alle auf Marion aufmerksam machen.

Sie seufzte auf, löschte das Licht und setzte sich in Bewegung. Langsam schloss sie die Scheunentür hinter sich und schlurfte über den Hof zum Haus. Es hatte auch sein Gutes, wenn man für nichts mehr Energie aufbrachte. Müdigkeit war beruhigend. Kein Bedürfnis mehr danach, sich irgendwie zu bewegen, irgendetwas zu tun.

Die Haustür war angelehnt, dahinter herrschte die gleiche Unordnung wie immer. Sie schob die Schuhe mit dem Fuß beiseite, ging in die Küche und schmierte sich ein Brot.

Gegen ihre Gewohnheit, so viel wie möglich in kurzer Zeit zu verschlingen, um schnell ruhig zu werden, aß sie langsam. Was sollte sie jetzt machen?

Bernd war immer noch nicht zurück. Gestern hatte sie sich nach dem Gottesdienst hingelegt und am Abend, als sie aufgewacht war, ferngesehen. Heute Morgen war er nicht zum Frühstück erschienen. Um zehn war sie dann mühevoll die Treppe hinaufgestiegen und hatte nachgesehen: Er war nicht im Schlafzimmer.

Als Bernd vor einiger Zeit von Hannover zurückgekommen war, hatte er darauf bestanden, wie früher oben zu schlafen, wo sie sich vor langer Zeit unter dem Dach ihr Schlafzimmer eingerichtet hatten. Sie aber konnte nicht dorthin zurückziehen: Der Weg nach oben war zu beschwerlich, ihre Knie machten das Treppensteigen nicht mehr mit. Vor sechzehn Jahren schon hatte sie sich ihr Bett unten im Wohnzimmer gerichtet. Und da blieb sie auch.

Sie hatte schon einmal auf Bernd gewartet, in diesen seltsamen Tagen damals, wo sie nichts glaubte und dann wieder alles. Wo sie sich nichts Derartiges vorstellen konnte von ihm. Nein, er war ein einfacher und etwas grober Mann, aber er war doch immer anständig gewesen. Hin und wieder gab es blaue Flecken, wenn er im Bett bei ihr war, aber das war nur seine Ungeschicklichkeit. Bernd hätte sie nie geschlagen, so wie damals Holger, sein Vorgänger. Bernd war eben stark und grobknochig und konnte seine Körperkraft nicht immer gut einschätzen. Das meinte der Pfarrer auch. Kein Mal hatte Bernd die Hand gegen Marion erhoben, noch nicht einmal gegen Vera. Selten gegen Vera, verbesserte sie sich. Aber ein Vater regt sich auch mal auf, das muss erlaubt sein, besonders wenn er eine so schwierige Tochter hat, die immer nur macht, was sie will.

Er dagegen hatte seine Arbeit auf dem Hof immer verlässlich getan, die Tiere gefüttert, die Felder rechtzeitig bestellt, bedächtig Neuerungen eingeführt. Abends aßen sie zusammen, was sie gekocht hatte. Samstags trainierte er den Nachwuchs im Tischtennisverein.

Und er freute sich auf den Kleinen, den Sohn. Da waren sie sich sicher, dass es ein Junge würde, obwohl man das zu der Zeit noch nicht vom Arzt gesagt bekam. Damals, in den letzten Wochen der Schwangerschaft, war es Bernd etwas lang geworden, da hatte ihm sein Trieb ein bisschen zu schaffen gemacht. Aber das war nun einmal so, da konnte man als Frau nicht mehr zur Verfügung stehen.

Das durfte doch nicht der Grund dafür sein, dass das mit der Viola passiert war? Wenn sie das gewusst hätte, dann hätte man doch vielleicht … dann wäre sie nicht so abweisend gewesen.

Aber der Pfarrer hatte gesagt, mit ihr und mit dem ehelichen Verkehr hätte das, was der Bernd getan hätte, nichts zu tun gehabt.

Marion träfe keine Schuld daran. Aber so ganz sicher war sie sich nicht, dass Peter, wie sie ihn seit einiger Zeit nennen durfte, recht hatte. Bernd hatte das immer gebraucht. Sie wusste nicht, wie es im Gefängnis überhaupt ohne das gegangen war. Und mit dem Selbstmachen hatte er es nicht so gehabt. Seit sie es ihm damals in der Kirche verboten hatten. Es war gefährlich. Man kam davon in die Hölle.

Jetzt war er wieder zurück und sie musste nicht mehr nach Hannover. Er war wieder da, wo er hingehörte. Der Junge hatte endlich einen Vater.

Aber vor ein paar Tagen war die wieder da gewesen und mit ihren langen blonden Haaren durch das Dorf gegangen. Hexe. Verhext war ihr Bernd gewesen, man hatte ihn nicht mehr gekannt.

Marion hatte immer gewusst, dass das Unheil noch nicht vorbei wäre. Sie wartete darauf, dass es passierte, seit dem Tag, an dem sie Bernd nach Hause geholt hatte. Und jetzt war Bernd verschwunden. Er war früher öfters länger weggeblieben, kam aber immer nachts wieder. Dieses Mal nicht.

Sie beschloss, sich kein zweites Brot zu schmieren, das war einfach zu anstrengend, und schob den Teller weg. »Ich warte noch, bis ich die anrufe«, murmelte sie vor sich hin. Sie sprach nicht gerne mit Bernds Eltern. Er auch nicht, aber er musste ja mal nach ihnen schauen. Wenn er dort nicht war, würde sie überall nachsehen, auf dem Sportplatz, im Schützenhaus, im Gasthof. Vielleicht auch in den Kneipen der Nachbardörfer.

Wenn Bernd jetzt schon das Handy hätte, könnte sie ihn anrufen. Aber so? Jemanden zu fragen, ob er ihn gesehen hätte, kam nicht infrage. Sie hatten es noch nicht vielen Leuten erzählt, dass er wieder da war.

Seine Eltern hatten das auch nicht gewollt. Er ging ja kaum hinaus, deswegen mussten sie nicht so viele darauf aufmerksam machen, dass Bernd entlassen war. Sofort würde das Gerede wieder losgehen und Marion würde sich wieder verstecken, vor allen.

Obwohl die Göbels ja Gott sei Dank schon lange nicht mehr hier wohnten, das hatte Bernd beruhigt. Aber gut an deren Haus vorbeigehen, das konnte er noch immer nicht.

Und dann hatte Viola in ihrer Küche gesessen. Nicht Viola, verbesserte sie sich. Das war nicht Viola. Zuerst war sie ihr in der Kirche begegnet. Und dann hatte Hajo mit ihr gesprochen.

Bernd kam nicht gut zurecht in diesem Leben, das wusste sie wohl. Alles war ungewohnt für ihn, die modernen Geräte, die Veränderungen im Dorf und die in der Familie. Sie musste ihm alles erklären, so, als habe er die Jahre verschlafen. Der Sohn sprach ja nicht mit ihm, die Tochter war weg. Marion seufzte, als sie an Hajo dachte.

Der Junge lief nur an ihr vorüber, wenn sie mit ihm über seinen Vater reden wollte. »Interessiert mich einen Dreck«, sagte er. »Wieso ist der nicht einfach da geblieben, wo er war? Was will der hier?« Sie hatte ihm eine gescheuert, als er das gesagt hatte, und das im nächsten Augenblick bereut. Es war genau so, wie der Pfarrer meinte: Wenn sie nicht gut zu Hajo war, gab sie ihm noch den Grund dafür, gar nicht mehr mit ihr zu reden, nur noch stumm seine Pflicht im Haushalt zu tun und ansonsten mit seinen Inlinern wie ein Wilder im Ort herumzusausen. So wild, dass Gerda und ihr Mann sie darauf ansprachen.

Kann man denn nie seine Ruhe haben? Seufzend stand Marion auf und nahm den Telefonhörer in die Hand.

Als sie wenig später die Tür ins Schloss fallen hörte, stellte sie sich Hajo in den Weg. »Du musst nach deinem Vater suchen«, sagte sie. »Der ist den ganzen Tag nicht hier gewesen.«

Hajo sah sie kurz und verächtlich an. Dann lief er in sein Zimmer und knallte die Tür hinter sich zu.

Marion stand eine Weile wie betäubt im Flur. Dann schlurfte sie in die Küche, holte sich eine Tafel Schokolade aus der Schublade, warf sich auf die Couch und schluchzte auf.

Es war einfach zu viel.

## *14*

»Unversehrt«, sagte Klara laut. Sie rückte ihrem Spiegelbild näher und ließ den Blick über die Brust, den Bauch und die schmalen Hüften wandern. Schlank, vielleicht etwas mager, mit ungewöhnlich weißer Haut, über die sie sich oft ärgerte, weil sie in der Sonne immer nur rot, nie braun wurde. Hatte sie nicht nackt und halb tot in den Büschen gelegen, mit gebrochenen Gliedmaßen wie eine weggeworfene Puppe? Nein, das war nur ein Traum gewesen. Kein Traum. Das war Mama gewesen.

Seitdem das Entsetzliche in ihrem Leben war, wurden die Ringe unter ihren Augen dunkler. Sie konnte das Licht nicht ausmachen und wartete nachts, mit zwei hohen Kissen im Rücken, im Licht der Nachttischleuchte auf Schlaf.

Aber warum? Mama war schon immer tot gewesen. Schon fast so lang sie denken konnte. Aber da hatte es noch nicht dieses Verbrechen in Klaras Leben gegeben. »Du läufst ja wie ein offenes Messer durch die Welt«, sagte sie zu ihrem Mund, und der verzog sich höhnisch.

Büchner, dachte sie. Der Woyzeck lief wie ein offenes Messer durch die Welt. Bis er die Marie erstochen hat. Die Marie, die Rolle wollte ich auch immer spielen.

Sie beugte sich über das Waschbecken und betrachtete die

dünnen Arme, über denen die Haut spannte. Blut fließen sehen, dachte sie, sehen, was unter der Haut fließt, das wäre es. Ein scharfes Messer besitzen und die Klinge durch die Haut führen. Druck ablassen.

Der Junge hat was drauf, dachte sie dann. Der kleine Hajo. Hasserfüllt wie kein zweiter. Ein Gedanke schoss ihr durch den Kopf, eine Erinnerung, aber sie schob sie schnell beiseite.

Diese Schublade würde sie geschlossen halten, so fest es nur ging. Irgendwann später würde sie sie öffnen.

Mit einem Ruck zerrte sie sich das ausgeblichene T-Shirt über den Kopf, zog es an den Seiten hinunter und verließ das Badezimmer.

Gut, dass sie wieder hier war. Als sie am Samstagmorgen in Untervörde aufgewacht war, war sie mit dem ersten Gedanken bei der Mutter gewesen. *Nichts ist mehr, wie es war.* Dann hatte sie ihr Fahrrad abgeholt, von Meike, wohlgemerkt, die nicht viel mehr gesagt hatte als Guten Morgen, gute Fahrt und Tschüss. Nur am Schluss hatte sie gegrinst und nach oben gezeigt: »Der hat sich schon wieder erholt.«

Danach hatte Klara zugesehen, dass sie nach Hameln kam, und war in den erstbesten Zug in Richtung Berlin gestiegen.

Als Erstes würde sie ihr Engagement am Zimmertheater kündigen. Zum nächstmöglichen Zeitpunkt, Ende des Monats.

»Mitten in der Spielzeit?«, sagte die Intendantin entgeistert, so ein Verhalten würde Klaras Chancen in der Theaterkultur der Hauptstadt nicht gerade verbessern. Klara antwortete nichts. Wie hätte sie ihr das erklären sollen? Weiterhin dieses dumme Mädchen der oberflächlichen Verwicklungskomödie zu spielen, war ausgeschlossen. Das war eine Welt, die es nicht gab.

»Nichts ist mehr, wie es war«, murmelte sie, als sie den Aus-Knopf des Handys drückte, und diesmal hieß es, dass sie nicht wieder zurückwollte in ein Leben, das keine Richtung aufwies. Aber die Arbeit – das ist doch immer meine Richtung gewesen. Sie erschrak. Das war die Richtung der alten Klara gewesen, die nichts wusste.

Achtlos zog sie eine Jeans und ein weißes T-Shirt aus dem Schrank und hielt die Sachen in der Hand, als wüsste sie nicht, was sie damit anfangen sollte. Wieder stand sie vor dem Spiegel und starrte das magere Mädchen an. Dieser Körper war schlaff und kaputt. Um zwei war sie ins Bett gegangen, um fünf wieder aufgestanden. Dieser Fernsehfilm gestern Abend hatte ihr den Rest gegeben.

*Am Ende einer Nacht*: Ein Ehemann schlägt seine Frau blutig und vergewaltigt sie. Sie kann ihr Leben retten und die Polizei rufen. Eine gerissene Anwältin mit einem Stundenlohn von fünfhundert Euro schafft es, das Opfer unglaubwürdig zu machen, sodass der Täter freigesprochen werden muss. Klara hatte mit knirschenden Zähnen vor dem Fernseher gesessen.

Man müsste diesen Leuten das Handwerk legen. Nicht aus Rache. Aus Achtung vor den Opfern. Ja, das klang gut. Und als Schutz für alle, die den wieder freigelassenen Tätern nicht auch noch in die Hände fallen sollen. Sie musste etwas gegen den Anwalt von diesem Tier unternehmen. Sich wehren. Mutter hatte sich nicht wehren können.

»Es wird nie mehr, wie es war«, sagte sie. Sie zog die Hose an und wechselte das T-Shirt. Mit ein bisschen mehr Energie würde sie nachher das Internet nach einer neuen Stelle durchforsten. Egal was, erst mal was anderes machen.

Nach dem Film gestern Abend hatte sie angefangen, alles zusammenzukramen, was sie in Vaters Nachlass aus ihrer Kindheit finden konnte. Sie schleifte eine Kiste aus dem Keller nach oben, ohne darauf zu achten, dass die eigentlich für sie alleine zu schwer war.

Jetzt stand das Bild ihrer Mutter mitten im Zimmer, unübersehbar auf dem Tisch, die blonde, junge Frau mit den hüftlangen Haaren und dem zarten Gesicht, die in die Kamera lachte. Wieso hatte sie das Bild nie ausgepackt?

»Es hat mir nichts bedeutet. Sie hatte mir nichts zu sagen«, flüsterte Klara, nahm das Foto in die Hand und hielt ihr Gesicht einen Augenblick lang gegen das Glas.

»Du redest mit mir, stimmt's? Bist du böse auf mich? Aber ich habe es nicht gewusst. Wirklich nicht. Sie haben mir nie was gesagt. Aber jetzt weiß ich es.« Sie sah ihrer Mutter ins Gesicht und schnupperte an dem Bild. Es roch muffig. Was für ein Parfüm Mutter wohl benutzt hatte? Mit einer energischen Bewegung stellte sie das Foto zurück und überlegte, wie viele von diesen glücklichen Tagen am Strand Viola wohl gehabt haben mochte.

Wie oft fährt man aus Untervörde auf eine ostfriesische oder nordfriesische Insel? Oder nach Holland, an die Nordseeküste?

Auf dem Flur waren leise Schritte zu hören. Das war Yvonne, wie immer rücksichtsvoll. Auf keinen Fall würde sie Klara am Morgen stören, die abends gewöhnlich lange unterwegs war und ihren Schlaf bis zur Probe am späten Vormittag brauchte.

Sie wusste Bescheid, Klara hatte ihr am Samstag einiges erzählt. Warum kam sie nicht herein?

Gestern war Yvonne den ganzen Tag weg gewesen und hatte auch am Abend nicht bei ihr reingeschaut. Gregor, mit dem Klara sonst oft quatschte, war schon so lange in Neuseeland. Wer weiß, ob er überhaupt zurückkam.

Sie musste mit jemandem reden. Unbedingt. Sofort. Entschlossen öffnete sie die Tür und ging ein paar Schritte durch den Flur.

Yvonne saß in Bürohose mit grauem Blazer auf der Kante eines Küchenhockers und wippte ungeduldig mit dem Fuß.

Schnell, dachte Klara. Sie muss mir zuhören. Sie darf nicht zur Arbeit gehen. Und schon redete sie drauflos, ihre Stimme klang hektisch. Beim Reden klopfte ihre Hand nervös auf den Tisch, so lange, bis Yvonne sie festhielt.

»Was ich an der ganzen Sache nicht kapiere, ist, wie man mit so einer Tat einfach durchkommen kann! Dieses Monster wird nach ein paar Jahren aus dem Knast entlassen und lebt wieder bei seiner Familie. Ganz so, als hätte er nie was anderes getan als seine Felder bestellt und im Tischtennisverein Kinder trainiert. Er könnte denselben Scheiß noch mal machen, wenn es ihm einfiele. Der kann doch nicht nur fünfzehn oder sechzehn Jahre weggesperrt bleiben, nachdem er einen anderen Menschen brutal umgebracht und eine ganze Familie zerstört hat! Wie kann jemand das zulassen?«

Die Freundin ließ ihre Hand los. Sie überlegte einen Moment. »Fünfzehn Jahre? Dann hat er lebenslänglich gekriegt. Das ist schon die Höchststrafe in Deutschland. Wer war denn sein Anwalt?«

»Der von dem Mörder? Keine Ahnung wie der hieß, irgendwas mit Seife ... Ja, Seifert. Aus Hameln. Das war ein richtiges Schwein.« Sie sah Yvonne an. Die junge Anwältin würde ihren Kollegen gleich in Schutz nehmen, egal, was für ein übler Bursche das wäre.

»Wie meinst du das? Wieso ein Schwein?«

Klara seufzte. Yvonne sah auf die Uhr.

»Das liegt doch auf der Hand! Ohne den Rechtsverdreher hätte der ganz anders bestraft werden können. Sicherheitsverwahrung oder so. Besondere Schwere der Schuld. Der Anwalt hat dem Gericht Geschichten erzählt. Bernd Pohlmeier war nur ein Zeuge gewesen. Er hat Viola getroffen und kam ihr gegen ein paar Weserangler oder Kanufahrer zur Hilfe. Daher seine Verletzungen und die DNA-Spuren. Danach hätte er einen Fahrradunfall gehabt. Und als die Tat nicht mehr zu leugnen war, haben die beiden die Erklärung hervorgezaubert, die man ja bei Vergewaltigungen oft hört: Der Täter hatte schon lange ein Verhältnis mit dem Opfer gehabt. Es gab einvernehmlichen Sex. Und dabei ist leider etwas schiefgelaufen. Viola hat zu laut gelacht und sollte leiser sein, damit die Spaziergänger nicht auf sie aufmerksam wurden. Kehle zudrücken. Also war alles nur ein Versehen, fahrlässige Körperverletzung, darauf hat der Seifert plädiert.« Klara ballte die Fäuste. »Sie hat es gewollt, sie hat es bekommen. Heißt es so nicht immer, wenn eine Frau vergewaltigt wird? Das macht mich so wütend, das kannst du dir gar nicht vorstellen!«

Yvonne sah Klara an: »Wo liegt das Problem? Der Pohlmeier hat doch seine Strafe abgesessen, oder? Immerhin fünfzehn Jahre. Es hätte viel günstiger für ihn ausgehen können, mithilfe eines Haftprüfungstermins hätte er viel schneller wieder draußen sein können. Sicherheitsverwahrung gab es damals noch kaum. Und selbst wenn er die bekommen hätte: Die nachträglich verhängten Sicherheitsverwahrungen wurden inzwischen kassiert. Der Kollege hat nur seine Pflicht getan, das weißt du. Und er war dabei noch nicht mal besonders erfolgreich, wenn man bedenkt, dass der Täter wegen Mordes verurteilt worden ist und gesessen hat.« Yvonne schlug die Beine übereinander und zog ihre Bügelfalten gerade.

»Das war ein Mord!« Klaras Stimme überschlug sich. »Mehr als das, ein ganz brutaler Mord! Und der Anwalt hat dieses Tier als normalen, netten Bürger präsentiert, dem mal etwas misslungen ist!«

»Der Kollege hat seine Rolle gespielt. Darum geht es bei dieser Sache.«

Klara fing wieder an, auf den Tisch zu trommeln. Warum konnte sich Yvonne nicht ein Mal auf ihre Seite schlagen? Stattdessen sonderte sie immer diese kühlen Analysen ab und versuchte, alles so sachlich wie möglich zu sehen.

»Aber der Seifert hat gelogen, dass sich die Balken bogen. Das Monster hat meine Mutter nicht nur umgebracht, sondern mit diesen Behauptungen auch entehrt und herabgewürdigt. Das ist eine absolute Schweinerei. Der Mörder ist ein dämlicher Idiot, der ist dumm wie Brot. Ein Tier.« Sie verstummte abrupt, aber Yvonne schaute scheinbar geistesabwesend auf die Küchentür, durch die sie gleich verschwinden wollte.

»Aber der Anwalt ist schlau. Er hat sich nicht für die Wahrheit interessiert. Er wusste, was das Monster mit meiner Mutter gemacht hatte, und das Ende vom Lied ist: Der Mörder ist jetzt frei und längst wieder zu Hause und meine gesamte Familie ist tot.«

»›Was kümmert uns die Wahrheit‹«, sagte Yvonne sarkastisch, »das haben wir schon im Studium gehört. ›Was kümmert uns die Wahrheit. Wir sind Anwälte.‹« Sie setzte sich auf und sah Klara an: »Nein, im Ernst. Stell dir vor, jemand ist unschuldig angeklagt. Oder er ist unfähig, sich selbst zu verteidigen. Jeder hat das Recht, jemanden zu haben, der sich auf seine Seite stellt.«

»Gefickt. Eine Sauerei für die Opfer. Wer viel Geld hat, muss nicht ins Gefängnis, weil er sich einen schlauen Anwalt leisten kann? Er kann die anderen austricksen? Und dann diese Typen, eine Krähe hackt der anderen kein Auge aus. Könnte ja jedem mal passieren, dass er über eine Frau herfällt.«

Klara dachte plötzlich an ihre Großmutter, Mamas Mutter, die vor Gericht an den Täter appelliert hatte, ihrer Tochter wenigstens posthum die Ehre zu lassen und zu dem zu stehen, was er getan hat. Aufrichtigkeit würde auch ihm, dem Täter, nützen. Und schließlich wüssten alle, was für ein herzliches und liebes Wesen Viola gewesen sei. Nach diesen Worten war Oma vor Gericht weinend zusammengebrochen.

Und das alles hatte sie, Klara, aus der Zeitung erfahren müssen. Sechzehn Jahre danach. Unfassbar.

Ihr traten Tränen in die Augen. Yvonne beugte sich zu ihr herüber, aber Klara rückte von ihr ab.

»Klara«, sagte Yvonne, »was ist los mit dir? Das ist alles furchtbar und kaum zu ertragen. Aber es ist doch nicht dir passiert, oder? Und es ist auch schon so lange her!«

»Das ist ja das Schlimme! Verstehst du denn nicht, das war meine Mutter. Keiner hat sie geschützt! Nach allem, was er ihr angetan hat, hat er noch ihre Ehre in den Dreck gezogen!« Sie sprang auf und lief aus der Küche. Yvonnes Meinung war einfach unerträglich. Und sie stand ja nicht alleine damit. Man hatte dem Recht genüge getan. Und über allem wuchs seit Langem wieder Gras. Der Gewalttäter lebte, das Opfer und seine Familie waren tot.

Man musste etwas tun.

Mit dem Ärmel wischte sie sich die Tränen aus dem Gesicht und fing an, in ihrem Zimmer auf und ab zu laufen. Schließlich blieb sie wieder vor dem Foto stehen.

Unversehrt, dachte sie. Unversehrt. Mädchen im Glück. Wie oft fahren Leute aus Untervörde an die Nordsee? Machen dort Urlaub, laufen glücklich am Strand entlang? Vielleicht ein Mal?

Sie hielt es hier nicht länger aus. Ruhe, dachte sie. Nur die Ruhe. Sie würde sich noch einen Cappuccino machen. Den dritten an diesem Morgen.

*Dr. Udo Seifert, Markgraf-Albrecht-Straße 13, Berlin-Halensee* stand auf einem Zettel, den sie wenig später in der Küche fand. Darunter hatte Yvonne geschrieben:

*Gilt inzwischen als Promianwalt. Übernimmt schwierige Fälle. Hat schon einen vergewaltigenden Fußballfunktionär und einen bekannten Kindermörder erfolgreich verteidigt und milde Urteile erwirkt.*

*Folgendes hat er mal in einem Interview in der Berliner Zeitung gesagt: Ein Anwalt ist parteiisch, er hat parteiisch zu sein. Er entwirft eine Strategie, die zum Freispruch führt. Es geht nicht um Sympathie zwischen Anwalt und Klient, es geht nicht einmal darum, ob Letzterer die Wahrheit sagt. Das deut-*

*sche Rechtssystem ist gerecht und menschenfreundlich, wenn alle ihre Rollen spielen.*

Vielleicht sollte dieser zynische Anwalt einmal selbst erleben, was es heißt, sein Kind, seine Partnerin oder seine Mutter an einen brutalen Mörder zu verlieren. Vielleicht sollte er mal in dieses tiefe Tal von Hilflosigkeit und Scham hinuntersteigen, dachte Klara und ballte die Fäuste. Sich schämen für das, was ein anderer ihm angetan hat.

Sie musste dafür sorgen.

Wenig später stieg sie an der Station *Adenauerplatz* aus dem U-Bahnhof und blinzelte gegen die Sonne. *Don't be a Maybe,* teilte ihr eine Plakatwand schräg gegenüber dem U-Bahn-Ausgang mit. Neben der Aufschrift sah sie das Foto eines jüngeren Mannes mit einem weißen T-Shirt. Er stand mit hängenden Armen im Bild. Klara verstand die Werbebotschaft nicht.

Der Anblick des Ku'damms, der hier eine in jede Richtung zweispurige Allee war, in der Mitte durch Parkplätze unterteilt, beruhigte sie etwas. Sie blieb stehen und atmete durch. Vor den alten, schön renovierten Häusern erstreckten sich breite Bürgersteige, auf denen Restaurants ihre Tische aufgestellt hatten. Die edlen Bekleidungsgeschäfte, die sie manchmal mit Yvonne besuchte, befanden sich wohl weiter unten in der Straße, an dieser Stelle sah man Läden, die es in jeder anderen größeren Berliner Straße auch gab: Mobilfunkanbieter, ein Spielcenter, Autohäuser, Versicherungen und einen Baumarkt. Sie warf einen Blick auf die Adresse des Anwalts und lief langsam den Ku'damm hoch in Richtung Halensee.

Die Markgraf-Albrecht-Straße, in die sie ein paar Minuten später einbog, wirkte im ersten Moment nicht so, als befände sie sich mitten in Berlin. Kleine welke Blätter wehten durch die stille Straße mit den gepflegten Häusern.

Ihr Blick streifte die Geschäfte, an denen sie langsam vorbeiging. Das erste mit dem Namen *Egalgewicht* warb damit, dass man abnehmen könnte, ohne zu hungern, das zweite war ein *Queen of Waxing*, das eine brasilianische Haarentfernung für Mann und Frau versprach, das dritte, ein *Balkan-Tourist-Shop,* bot Reisen aller Art, nicht nur auf den Balkan, an. Sie blieb mit dem Rücken zum Ladenfenster stehen und beobachtete einen froschgrünen Postboten von PIN Mail auf der anderen Straßenseite, der Briefe in die Schlitze an der Tür eines hohen Hauses aus gelblichem Sandstein steckte. Das Gebäude musste an die hundert Jahre alt sein, mit neuen Fenstern und einer Holztür mit Schnitzereien. Die Nummer 13 war eines der wenigen Häuser in dieser höchstens hundert Meter langen Straße, das in der vollen Sonne lag, was den Petunien auf den Balkons offenbar guttat.

So müssen Häuser in dieser Stadt aussehen, dachte Klara, während sie die Straße überquerte. Aus Zeiten, in denen viele Berliner reiche Großstädter gewesen waren und nicht Hartz-IV-Empfänger, die in ihren Häusern im Dreck lebten und durch abgerissene Treppenhäuser zu ihren einst hochherrschaftlichen Wohnungen hinaufstiegen.

Das vergoldete Schild des Rechtsanwaltes Dr. Udo Seifert neben den Briefkästen glänzte in der Sonne und Klaras Herz fing wieder an, schneller zu schlagen. Sie würde mit dem Mann reden. Ach was, reden. Ausquetschen würde sie ihn, über damals. Über seine Vertretung des Mörders. So lange war das noch nicht her. Der musste sich noch erinnern.

*Sieh hier, ich bin die Tochter. Sag mir was. Erkläre, verteidige dich. So wie du Verbrecher verteidigst. Das kannst du doch so gut. Erwirke eine billige Strafe für dich selbst. Dafür, dass du dich auf die Seite der Verbrecher schlägst, in deinen guten Anzügen, und nicht auf die Seite derer, die eine gute Vertretung verdienen. Dafür, dass meine Großeltern tot sind, mein Vater, die ganze Familie. Vertrieben aus einem kuscheli-*

*gen, kleinen Dorf an der Weser. Verteidige dich. Wenn du das noch kannst!*

Entschlossen schob Klara die schwere Haustür auf, die nur angelehnt war. Sie stieg die Treppen hoch in den zweiten Stock, öffnete eine gläserne Doppeltür und stand vor der Sekretärin des Anwalts. Diese sah Klara an, als habe sie nie eine unerhörtere Störung erlebt. Die Frau im hellblauen Kostüm hatte ihre schwarz glänzenden Haare straff zurückgebunden, was sie älter machte. »Haben Sie einen Termin?«, fragte sie kühl.

»Selbstverständlich«, sagte Klara. »Bei Herrn Dr. Seifert. Um elf.«

»Bedaure, Herr Dr. Seifert ist im Augenblick nicht hier. Sie können aber«, die Sekretärin warf einen Blick auf einen Kalender, »mit Herrn Arnsfeld sprechen.«

Klara schüttelte den Kopf. »Wann kann ich zu Herrn Seifert?«

»Gar nicht«, beschied sie die Sekretärin und warf ihr einen desinteressierten Blick zu. »Sie müssen sich schon mit dem begnügen, was wir Ihnen anbieten können.«

Klara schüttelte den Kopf. Unbeeindruckt setzte sich die Sekretärin einen Kopfhörer auf, ließ sich auf ihrem Stuhl nieder und drehte sich damit zum Rechner an der Seitenwand.

Klara wartete eine Weile, aber die Frau hackte, ohne aufzusehen, auf die Tastatur ein.

»Aber ich habe einen Termin bei Dr. Seifert«, versuchte Klara es noch mal. Die Sekretärin sah noch nicht einmal auf. Klara drehte sich auf dem Absatz herum, lief die Treppe hinunter und merkte erst vor der Tür, wie sehr sie ihre Finger verkrampft hatte. Unten setzte sie ihre Sonnenbrille auf und versuchte, dahinter ihr gerötetes Gesicht zu verbergen. Ihr Herz klopfte heftig. So ging das nicht, mit bloßen Händen und höflichen Worten konnte man keinen blasierten

Sekretärinnen und verbrecherischen Anwälten beikommen. Sie musste etwas tun. Sie wollte ihr Leben zurück.

*Don't be a Maybe. Maybe never can fly.*

## Dienstag, 7. August 2012

### *15*

Es klingelte. Marion schreckte aus ihrem kurzen Schlaf auf und überlegte, wie viel Uhr es wohl sein mochte. Heute früh hatte sie Bernd bei der Wache im Nachbarort vermisst gemeldet. Gestern hatte sie noch nach ihm gesucht. Allerdings nicht lange.

Hajo hatte ihr ja nicht geholfen und sie selbst war einfach nicht gut zu Fuß. Als sie die Dorfstraße hinunter in Richtung Schützenhaus gelaufen war, war sie an der Kirche vorbeigekommen und hatte sich in ihre Bank gesetzt. Ziemlich weit vorne, vor der Kanzel. Sobald sie dort saß, wurde sie ruhiger, das war schon immer so gewesen. Sie hatte die Arme auf die Schenkel gestützt und den Kopf gesenkt. Sie wollte beten, aber sie wusste nicht, worum sie bitten sollte. Hajo entglitt ihr, das spürte sie. Und seitdem der Vater wieder da war, machte der Junge nur noch, was er wollte. »Vater unser im Himmel.« Was sie auch sagte, nichts erreichte Hajo. Es war nur noch eine Frage der Zeit, bis sie ihn gar nicht mehr zu Hause antreffen würde.

»Dein Reich komme.« Ihre Gedanken wanderten zu Vera, die auf die schiefe Bahn geraten war. »Und vergib uns unsere Schuld, wie auch wir …« Sie überlegte, ob sie am Pfarrhaus klingeln sollte. Sie war so nervös. Ein Gespräch mit dem Pfarrer würde ihr vielleicht helfen. Aber Peter hatte es nicht gern, wenn sie einfach so kam. Er wollte, dass sie seine Sprechzeiten einhielt oder mindestens vorher anrief. »Und die Kraft und die Herrlichkeit, in Ewigkeit, Amen.« Sie hob den Kopf und sah sich um. Dort hatte sie gesessen. Die blonde Hexe. Dort hinten. Marion schob sich langsam aus der Kirchenbank und schlurfte zum Ausgang. Die Knie schmerzten. Die Oberschenkel auch, ach, eigentlich tat ihr alles weh. Ihre Kraft reichte höchstens noch bis nach Hause. Sie war todmüde.

Das war gestern gewesen, am Montag. Und heute früh war Bernd immer noch nicht wieder da gewesen.

Endlich war sie zur Polizei gefahren. Mit dem ersten Bus, gleich nach dem Aufstehen. Der Polizist auf der Wache in Polle hatte alles notiert, nicht ohne sie seltsam anzugucken, als er Bernds Namen im Computer gefunden hatte.

Als sie mittags endlich zurück war, hatte sie sich auf ihre Liege im Wohnzimmer gelegt und die Decke über den Kopf gezogen. Irgendeiner musste einkaufen und das Essen machen. Sie würde es nicht tun.

Wieder klingelte es. Marion erhob sich schwerfällig. Sie schlurfte in die Küche und schaute durch das Fenster in den Hof. Genauso wie damals hatte es geklingelt. Genauso. Damals, an dem Sonntag, als plötzlich die Polizei vor der Tür stand.

Sie kamen wegen dem Freitag davor. Wie lange war das jetzt her? Sechzehn, ja sechzehn Jahre jetzt. An dem Freitag im August vor sechzehn Jahren war Bernd sehr spät heimgekommen. Total durcheinander und schmutzig. Grasflecken an der Hose, deshalb hatte sie sie gleich nach draußen, auf die Mülltonne, gelegt. Sie musste die Flecken mit Gallseife herausreiben. Das blaue T-Shirt war nass geschwitzt, sie steckte es in die Maschine. Bernd hielt ihr die Arme und Beine hin und sie sprühte Jod auf die Schürfwunden, ohne sie sich näher anzusehen.

Er habe auf dem Heimweg jemandem helfen wollen, erzählte er. Das wäre schwer gewesen. Dann sei er auch noch mit dem Fahrrad gestürzt. Das Schutzblech war auch kaputt. Keine Ahnung, was danach noch passiert war. Er sei ja ein bisschen besoffen gewesen. Marion hatte das natürlich schon gerochen. Er trank sonst wenig. Und in der Nacht nach dem Unfall hatten sie sich beide schlaflos im Bett herumgewälzt und immer wieder das Licht angemacht. Bernd hatte plötzlich geredet. Von früher hatte er erzählt. Von seinem Vater. Von dem er alles gelernt hatte, die Arbeit auf dem Hof, den richtigen Umgang mit Tieren, die Schweinemast.

Am nächsten Morgen kam die Gerda von gegenüber schon nach dem Frühstück vorbei. Ihr Mann war bei der Feuerwehr. Sie erzählte aufgeregt von einer toten Frau im Wald. Die Ermordete war nackt. »Wer macht so was?«, hatte Bernd sie gefragt.

Es klingelte wieder.

Marion zog ihren Morgenmantel über und schlurfte zur Tür, um den Polizisten zu öffnen, die im Hof standen. Sogar ein Kriminalbeamter war dabei. Damals waren es nur die beiden Ortspolizisten gewesen. Die kannte sie ja gut. Nico und Thomas, Nico war mit ihr in eine Klasse gegangen und nach der Schule direkt zur Polizei. An dem Sonntag vor sechzehn Jahren wollten die beiden Polizisten Bernd als Zeugen vernehmen. Weil es doch die Viola war, die ermordet worden war und Bernd am Freitagabend in der Nähe des Schützenhauses gesehen worden war. Und dann wurden die Polizisten plötzlich ganz streng und knapp. Sie telefonierten und nahmen Bernd mit nach Holzminden auf die Polizeidienststelle. Bernd war aber auch so schrecklich nervös geworden, als er die Polizisten sah. Alle konnten sehen, wie sich sein Hemd vorne und hinten dunkel verfärbte, vom Schweiß. Dabei stand er nur da und bewegte sich gar nicht.

Bernd kannte die Polizisten doch und wusste, dass sie in Ordnung waren! Und außerdem hatte Marion schon seine dreckige Hose aus dem Hof geholt und gewaschen. Wenn er bloß nicht in dem Moment die Post aus dem Kasten genommen hätte. Er ging quer über den Hof, zum Zaun, schloss den Briefkasten auf und alle sahen zu, wie er den Zettel aus einem Umschlag zog und den Text darauf vorlas, Marion, die Polizisten und die kleine Vera: »Hi, Idiot, wir wollten nur einen durchziehen. Aber dann kamst du und wolltest der Schlampe helfen. Viel Spaß mit den Bullen, du Blödmann.« Als Bernd den Zettel sinken ließ, ahnte Marion noch nicht, dass nichts in ihrem Leben mehr so sein würde wie vorher.

Diesmal war einer von der Kripo dabei. Er trug keine Uniform, stellte sich aber als Hauptkommissar Ingmar Frankel vor. Komischer Name. Aus Holzminden kam der, aber er war bestimmt nicht gebürtig aus dieser Gegend. Die Polizisten, mit denen er da war, kannte Marion nicht. Natürlich nicht.

»Wir möchten gerne mal mit Ihnen reden«, begann Frankel, nachdem er sich vorgestellt und seinen Ausweis gezeigt hatte. Sie stand in der Tür und schaute ihn verständnislos an.

»Es geht um die Vermisstenanzeige. Sie haben doch Ihren Mann als vermisst gemeldet?« Der Kommissar sah freundlich aus. Braune Augen, ein Lächeln. Er roch nach irgendeinem Rasierwasser oder Deo. So was hatte sie schon lange nicht mehr an einem Mann gerochen. Marion nickte.

Sie führte die Beamten in ihre Küche. Schnell nahm sie die schmutzige Pfanne und den Teller, auf dem Eireste in Öl schwammen, vom Tisch. Hajo musste hier gewesen sein, als sie geschlafen hatte.

»Wie lange ist Ihr Mann jetzt schon verschwunden?« Der Kommissar machte es sich auf einem Stuhl bequem, die beiden Polizisten blieben stehen.

»Seit zwei Tagen« stotterte sie und setzte sich Frankel gegenüber auf die Eckbank. »Also, ich weiß es nicht genau. Am Samstag habe ich lange geschlafen. Morgens und auch am Nachmittag. Am Sonntag war ich selbst nicht da. Da war ich in der Kirche. Montag, also gestern, hab ich erst so richtig bemerkt, dass er weg war.«

Sie knöpfte schnell den Morgenmantel zu, der sich beim Hinsetzen geöffnet hatte.

»Und wann haben Sie ihn zum letzten Mal gesehen?«

Sie überlegte eine Weile, obwohl sie das natürlich genau wusste. »Freitag. In der Nacht, also am Abend.«

»Was haben Sie da gemacht?«, fragte der Kommissar. Marion überlegte wieder.

»Haben Sie ferngesehen oder gelesen, zusammen gegessen? Wie haben Sie den Abend verbracht?«

Marion schüttelte den Kopf. »Wie immer. Er ging nach oben, nach dem Abendbrot. Er schläft oben, wissen Sie. Hajo, also, das ist unser Sohn, war in seinem Zimmer.«

»Aber zusammen gegessen haben Sie. Wann war das?«

»Um sechs. Wir essen immer um sechs.«

»Und dann ist er nach oben gegangen. Und später ist er noch mal runtergekommen? In der Nacht?«

Marion schüttelte irritiert den Kopf. »Der kommt nicht noch mal runter.«

»Also seit dem Abendbrot haben Sie ihn nicht gesehen, nichts von ihm gehört?«

Marion schüttelte wieder den Kopf. Dann nickte sie.

Der Kommissar sah sie forschend an. »Und Ihr Sohn?«

»Den auch nicht. Der war in seinem Zimmer. Keine Ahnung, was der da gemacht hat.« Der glaubt mir nicht, dachte Marion und lehnte sich in der Bank zurück. Es war wie immer. Sie sagte nichts mehr.

Der Kommissar nahm ein elektronisches Gerät, einen kleinen Computer, aus seiner Jackentasche und klappte ihn auf.

»Sie schlafen unten? Wann sind Sie schlafen gegangen?«

»Nach dem Krimi«, sagte Marion. »Im zweiten Programm. Sehe ich immer am Freitag. *Ein Fall für zwei*. Und dann kommt noch ein Krimi. Aber da war ich schon eingeschlafen.«

»Und haben nichts mehr mitbekommen? Das heißt, Ihr Mann könnte schon seit Freitagnacht verschwunden sein, richtig?«

Marion nickte unbestimmt.

»Wie ist denn seine Handynummer?«

»Er hat kein Handy. Ich meine, er kennt das ja nicht und da hat er … ich wollte ihm eins zum Geburtstag schenken.«

Frankel nickte, als ob ihn das nicht überraschte.

»Sie wissen natürlich, warum wir sein Verschwinden ernst nehmen müssen. Ihr Mann ist ja … Hatte er Feinde hier im Dorf, ich meine …«

Marion schüttelte den Kopf. »Wir haben nicht so herumerzählt, dass er wieder da ist. Braucht keiner zu wissen. Ich dachte, dann ist es irgendwann wieder ganz normal und alles ist wie vorher, also früher.« Sie brach ab, sah ihn Hilfe suchend an und hoffte, dass er zustimmen würde, aber er reagierte nicht.

»Sie haben mit Verwandten und Freunden telefoniert und Ihr Mann ist nirgendwo aufgetaucht?«

Marion nickte.

Frankel reichte ihr eine Karte mit einer Telefonnummer und gab den beiden anderen einen Wink. »Wir möchten Sie bitten, uns sofort zu verständigen, wenn Sie etwas von ihm hören.«

»Ja … und was passiert jetzt?«

»Wir werden nach ihm suchen«, sagte Frankel knapp und deutete auf die Polizisten. »Wir finden ihn, verlassen Sie sich darauf.«

Sein Lächeln sollte sie aufmuntern, das spürte sie. Marion sah ihn müde an, nickte und ihr Blick wanderte zum Fenster.

Als der Kommissar sich erhob, umwehte sie wieder für einen kurzen Moment sein Duft. Irgendwas mit Minze. Er reichte ihr die Hand über den Tisch. »Bleiben Sie nur sitzen, wir finden schon hinaus.«

Als sie gegangen waren, ließ Marion die Schultern sinken und sah an sich herunter. Ihr Aussehen war einfach nur peinlich. Sie zog den Morgenmantel zusammen, als ob es plötzlich kälter geworden wäre. In der Mitte der Küche blieb sie stehen und schaute um sich, so, wie es ein Fremder in ihrem Haus tun würde. Es roch wieder wie vorher. Nach Fett und Feuchtigkeit. Das Haus sah aus wie ein Saustall. Alles war ein Saustall. Ihr ganzes Leben.

Während sie langsam eine Hose mit Gummizug anzog, hörte sie die Tür klappen. Endlich. Hajo war zurück. Schnell zog sie das T-Shirt über den Kopf, ging in den Flur und stellte sich ihm in den Weg.

»Was willst du?«, fragte er und versuchte, sich an ihr vorbei in sein Zimmer zu drücken. Das war nicht so einfach.

»Bleib jetzt mal da, ich muss mit dir reden.« Sie hielt ihn am Arm fest.

Hajo sah sie einen Moment lang finster an, dann erlahmte der Widerstand, aus dem seine Person zu bestehen schien, und er latschte vor seiner Mutter her ins Wohnzimmer. Dort warf er sich auf ihre Liege.

»Er ist immer noch weg«, sagte Marion. Warum schlug sie ihm gegenüber immer so einen jämmerlichen Ton an?

Hajo zuckte die Achseln. »Na und?«

»Und wenn ihm was passiert ist? Die Polizei war da.«

»Was wollten die?« Hajos Augen gingen unruhig zur Tür.

»Sie suchen ihn jetzt. Womöglich hat er sich verlaufen, oder so, oder jemand hat ihm was getan.« Marion knetete ihre Hände und stoppte abrupt. Hajo konnte es nicht leiden, wenn sie vor ihm in Jammer ausbrach. Er lief dann immer weg und sie brauchte ihn doch.

»Von mir aus müssen sie den nicht finden«, stieß der Junge hervor.

Marion zuckte wie unter einem Schlag zusammen. »Was hat er dir bloß getan? Gar nichts, oder?«, sagte sie. Sie warf ihm einen wissenden Blick zu. »Ist immer noch dein Vater. Trotz allem.«

Hajo schnaubte, stand auf und ging in sein Zimmer.

Sie wollte sich nicht abwimmeln lassen und folgte ihm. In der Mitte des Raumes stand er, vor dem Schrank, in dem er etwas verschwinden ließ, das er in der Hand gehalten hatte.

»Hau ab!«, sagte er laut und jetzt war sie so weit, dass sie ihm am liebsten wieder eine geknallt hätte. Stattdessen drehte sie sich um, ging in die Küche und zog die Schublade auf. Weit nach hinten geschoben, lagen darin fünf Tafeln Nussschokolade. Sie nahm sich eine, legte sich auf die Liege im Wohnzimmer und schaltete den Fernseher ein. Als Hajo das Haus verließ, hörte sie die Geräusche, die er dabei machte, nur noch im Halbschlaf.

## *16*

Hauptkommissarin Anne Schall saß mit einem eisgekühlten Glas Pinot Grigio auf der Terrasse ihrer Holzhütte im Wald und sah ins Tal. Die Sonne verschwand hinter dem Hügel über dem See und warf orangefarbene Lichtflecke auf das Wasser.

Es war einfach herrlich, hier zu sein und sich um gar nichts zu kümmern. Und das schon den ganzen Frühling und Sommer lang. Diese alte Jagdhütte mitten im Wald bei Vlotho, die sie vor einigen Jahren spontan gekauft und renoviert hatte, war ihr Refugium, in das sie sich so oft wie möglich zurückzog, wenn der Stress im Kommissariat in Bielefeld überhandnahm und auch jetzt, nachdem sie so schwer krank gewesen war. Frühling und Sommer im Weserbergland waren unvergleichlich.

Erst wurden die vielen Weidenbäume bräunlichgrün, dann erschienen die Waldhügel weiß betupft von den früh blühenden Obstbäumen und bald darauf leuchteten sonnengelbe Matten zwischen den Wiesen und Feldern an der Weser. Der Raps duftete auf allen Wegen, seine Süße zog zwischen den Häusern durch die Straßen.

Und der Höhepunkt dann der Sommer mit den flirrenden Wiesen und glitzernden Wassern. Ein paar Mal hatte sich Anne auf ihr Fahrrad geschwungen und war hinuntergefahren, Richtung Uffeln, nach Vlotho oder an der Weser entlang, zum Südlichen See nach Varenholz. Radfahren ging wieder, auch wenn sie es hinterher den steilen Berg in den Wald hinauf schieben musste.

Das Handy meldete sich lautstark. Sie erhob sich mühsam, ging in die Wohnstube ihrer Hütte, eine helle, freundliche Welt aus Kiefernmöbeln mit blau bezogenen Polstern, und fing an, nach dem Telefon zu suchen.

Ein Ingmar Frankel meldete sich. Diesen Namen konnte sie nicht vergessen haben, er war zu bescheuert. Trotzdem brauchte sie eine Weile, bis die Erinnerungen wiederkamen – dunkle Haare, braune Augen, lang und schlaksig – Frankie, einer der Jungen in ihrem Leistungskurs Sowi, in den sie mal verknallt und mit dem sie kurze Zeit zusammen gewesen war. Eine Knutscherei in einem Bus auf einer Studienfahrt nach Prag fiel ihr ein. Wie in der Nacht auf einer Bank im Bus ihre Köpfe langsam aufeinander zugerutscht waren, nachdem er sich – Gott sei Dank– endlich einmal neben sie gesetzt hatte. Meine Güte, das war schon urlange her. Gar nicht mehr wahr. Und nun hatte er sie im Internet unter StayFriends, auf der Seite über frühere Schüler ihrer Penne in Hannover, gefunden und fragte sie, ob er sie bei Facebook als Freundin eintragen dürfe. Das konnte doch nicht wahr sein. Diesem Internet-Blödsinn waren offenbar keine Grenzen gesetzt.

»Woher hast du eigentlich meine Handynummer?«, fragte sie.

»Von deiner Dienststelle. War nicht sonderlich schwer,

ich hab denen irgendeine Geschichte erzählt. Wir beide sind ja Kollegen«, meinte Ingmar, nachdem er eine Weile unentwegt über frühere Zeiten gequatscht hatte. »Ich bin jetzt Hauptkommissar in Holzminden.« Bei diesem Satz hatte sich seine Stimme erhoben und er machte eine bedeutungsvolle Pause. Der Stolz über die Beförderung, die immerhin mit einem Ortswechsel aus einer großen Stadt zu einem kleinen Ort an der Weser verbunden gewesen war, belustigte Anne. Hauptsache befördert. Wichtig sein ist das Wichtigste. Manches änderte sich eben nie.

»Hab irgendwie mitgekriegt, dass du in Bielefeld arbeitest«, quasselte Ingmar weiter.

»Gearbeitet habe«, sagte Anne deutlich. »Ich war krank und bin im Augenblick nicht im Dienst. Brustkrebs.« Eine Pause entstand.

Dann wurde seine Stimme leise und besorgt und er erzählte ihr, dass er frisch geschieden sei. Man hätte sich im Guten getrennt.

Natürlich, dachte Anne. Wie auch sonst. »Ich bin schon lange geschieden«, meinte sie. »Ein sehr glücklicher Zustand«, lachte sie. »Besser jedenfalls, als verheiratet zu sein.«

Jetzt lachte auch Ingmar. Oder sollte sie ihn wieder Frankie nennen?

»Hättest du Lust, mich mal in Holzminden zu besuchen?«

Und als ob er Annes Schweigen übertönen wollte, redete er schnell weiter: »Wir haben gerade einen interessanten Fall. Einen Prostituiertenmord. Auf einem der Parkplätze an der B 83, wo sie in ihren Wohnmobilen arbeiten. So was ist für uns Holzmindener nicht gerade Routine. Außerdem ist ein Mann verschwunden, in einem kleinen Dorf. Kein gewöhnlicher Bauer. Was Kompliziertes. Du hast doch auch schon schwierige Fälle gelöst. Bist geradezu dafür bekannt, haben mir die Leute auf deiner Dienststelle erzählt.«

»Wer quatscht da über mich?«, fragte Anne ärgerlich.

»Habe nur Lob gehört. Und dass sie dich vermissen«, wiegelte Ingmar ab.

Schwätzer, dachte Anne. Alles Schwätzer, der auch. Und dann schwieg sie. Er wollte ihre Hilfe. Oder war das nur ein Vorwand?

Mit jemandem an einer Sache zusammenzuarbeiten, das fehlte ihr. Diese kreative Stille, die eintrat, wenn man mit einem intelligenten Partner über einen Fall nachdachte, die Ideen, die sie zusammen entwickelten und schließlich das Gefühl, einem Verbrecher auf der Spur zu sein und den Fall zu lösen. Überhaupt: Etwas wirklich gut zu können, die eigene Energie und Tatkraft zu spüren, kam im Moment in ihrem Leben selten vor.

Manchmal fehlte ihr auch der Alltag mit den Kollegen, morgens halb verschlafen ins Büro zu kommen, einen Kaffee zu trinken und sich den Herausforderungen eines langen Tages zu stellen. Das Leben war so erfüllt, wenn sie einen Fall zu lösen hatten, es war voll mit Gesten, Gedanken, Aktionen.

Aber sofort spürte sie wieder die Frustrationen, die sich in ihrem Berufsleben am Ende gehäuft hatten. Überführte Täter, die vor Gericht herausgehauen wurden. Der letzte, der sie Tage und Nächte lang beschäftigt hatte, war ein bekannter Lokalpolitiker, der eine seiner zahlreichen Freundinnen vergewaltigt hatte. Er praktizierte Sadomaso und behandelte seine Partnerinnen, die nichts voneinander wussten, schlecht. Zwei der Frauen hatten vor Gericht ausgesagt. Manche ihrer Erlebnisse mit ihm grenzten an Gewalttaten, äußerten sie unabhängig voneinander.

An seiner Schuld gab es bei Anne und den Kollegen keinen Zweifel. Eine Frau war schwer verletzt und eindeutig vergewaltigt worden. Man hatte sie aus ihrer Wohnung herausholen müssen, wo sie sich im Badezimmer eingeschlossen hatte. Ein zitterndes, verängstigtes und missbrauchtes Etwas, das kaum sprechen konnte. Vorher eine hübsche, langhaarige Blondine mit einem guten Beruf. Journalistin. Jetzt kaputt.

Der Angeklagte, ihr Freund, den Anne schnell überführen konnte, leugnete bis zum Schluss. Jede Menge Indizien hatte die Sonderkommission zusammengetragen. Jede Menge. Trotzdem fühlte sich der Richter dem Verteidiger des Mannes nicht gewachsen. Die Frau hatte bei ihrer Vernehmung nicht die volle Wahrheit gesagt. In zwei geringfügigen Punkten konnte man ihr Ungenauigkeiten nachweisen. Die begründete sie mit ihrer Angst vor ihm und davor, dass ihr kein Glauben geschenkt werden würde. Aber ihre Glaubwürdigkeit erschien dem Gericht erschüttert. Der Täter wurde mangels Beweisen freigesprochen. Anne seufzte.

»Nein, nein«, sagte sie zu Ingmar, »ich arbeite ja im Moment nicht. Bin noch in Rekonvaleszenz.« Das war natürlich keine Antwort, mit der er sich zufriedengab. Er redete einfach weiter. Krankheit sei doch nichts, was einen auf Dauer von irgendwas abhalten könnte, meinte er. »*Mens sana in corpore sano,* das hat doch unser Lateinlehrer immer gesagt, wie hieß er noch.«

»Dietmar Druhe.«

»Ja, genau. Man rafft sich auf und tut was. Dann erledigen sich die meisten Probleme von alleine.«

Er ist immer schon ein Laberkopf gewesen, dachte Anne ärgerlich. Genau wie der Lateintyp, der mich meine halbe Schulzeit gelangweilt hat.

»Nein«, sagte sie entschieden und verabschiedete sich freundlich.

Sie war noch nicht dazu bereit, ihre Zelte in Vlotho abzubrechen. So eine Ferienaktion ginge ja vielleicht noch, ein Besuch bei einem Kollegen. Aber sie konnte sich schon denken, wohin das führen würde. Nicht lange und alles wäre beim Alten.

Wieder fiel ihr ein, wie schnell diese bescheuerte Krankheit sie im letzten Jahr aus der Bahn, sprich aus dem Dienst, katapultiert hatte. Dabei arbeitete sie so gerne, dass Katharina sich öfters lustig über sie machte.

Als sie an die Tochter dachte, die selbst mindestens so viel arbeitete wie ihre Mutter es immer getan hatte, lächelte sie unwillkürlich. Sie nahm das Buch hoch, das auf dem Gartensessel lag, legte es auf den Tisch und ließ sich wieder auf den Stuhl fallen.

Niemand hatte im letzten Sommer damit gerechnet, dass sie so krank war. Sie selbst natürlich auch nicht. Stress hatte man immer und Müdigkeit war bei Stress auch ziemlich normal, hatte sie gedacht.

Selbst kurz vor der Mammografie mit dem niederschmetternden Befund hatte sie noch eine mehrtägige Radtour an der Weser durchgehalten. Anne richtete sich im Stuhl auf und sah wieder ins Tal. Mehrmals am Tag änderte der Fluss, der hinter dem See aufblitzte, seine Farbe, jetzt, im letzten Licht, schillerte er blaugrün.

Ich arbeite nicht, ich lebe, jedenfalls versuche ich es, dachte sie. Aber ihre Tage waren lang und manchmal einsam. Sicher, sie konnte sich beschäftigen, das war es nicht. Sie liebte ihre Waldspaziergänge, die Radtouren, die Besuche von Katharina, oder nicht? Nichts konnte die Arbeit ersetzen, die sie über zwanzig Jahre lang mit voller Kraft getan hatte. Nichts.

Wenig später klingelte das Telefon wieder. Alle Achtung, dachte Anne. Es schien ihm wirklich um die Arbeit zu gehen. Wenn das ein Flirtversuch wäre, hätte er vielleicht schon aufgegeben.

So wie jetzt hatte Ingmars Geschichte vorhin nicht geklungen. Seine Partnerin hatte sich krankgemeldet, eine Vertretung gab es wegen der Sparmaßnahmen nicht, er hatte als Neuling am Ort bereits eine andere Sonderkommission zu leiten und niemanden, mit dem er sich intensiv und auf Augenhöhe austauschen konnte. Und er bearbeitete einen schwierigen Vermisstenfall in einem schweigsamen Dorf, nicht weit von Holzminden entfernt. Der verschwundene Landwirt hatte vor vielen Jahren einen brutalen Mord begangen.

»Nach Holzminden kommen?«, fragte Anne. »Das geht vielleicht mal für einen Tag, ich bin ja in Vlotho gar nicht so weit weg. Aber abends muss ich zurück.«

»Ich habe ein Gästebett«, beeilte sich Ingmar, »und würde mich freuen, wenn du ein bisschen bleiben würdest, wir könnten quatschen. Wenn wir die Sache im Griff haben, kann ich dir diesen Teil des Weserberglands zeigen. Du wirst sehen, es klappt bestimmt noch sehr gut mit uns beiden.«

»Weserbergland? Kenn ich«, winkte Anne ab. »Ich bin mehr als einmal mit dem Fahrrad die Weser hinaufgefahren, bis nach Hannoversch Münden, das ist meine Lieblingstour.«

Sie schwiegen eine Weile. Als sie ihm am Ende des Gesprächs gesagt hatte, sie würde es sich überlegen, wusste sie bereits, dass es nichts zu überlegen gab.

Sie steckte ein paar Sachen in ihren Rucksack und kaufte sich online eine Fahrkarte.

# Mittwoch, 8. August 2012

## *17*

»Sie machen wieder Befragungen.« Gerda war gleich nach dem Frühstück erschienen, um Marion ins Bild zu setzen. Sie war die Einzige, die sie noch besuchte, seit damals.

»Marion kann ja nichts dafür«, sagte sie allen, die es hören wollten. Immer wieder kam sie, zwang Marion zum Kaffeekochen und informierte sie über alles. War doch ihre Pflicht als gute Nachbarin. Marion wollte manches gar nicht so genau wissen, aber wenn es einen Menschen gab, den sie auf keinen Fall abweisen konnte, war das Gerda. Damals hatte sie mit Gerda alles besprochen, was passiert war. Über alles, was die Polizisten getan hatten, war Gerda informiert. Die Sonderkommission hatte ermittelt, dass angeblich Bernd die Viola auf dem Gewissen hätte, und die Zeugenbefragung hatte dazu geführt, dass sie ihn des Mordes anklagten.

Dann war Bernd weg, lange vor dem Prozess saß er schon im Knast. Im Dorf wurde weiter gequatscht über den Mord, den furchtbaren Monstertäter, die Verhaftung. Aber mit Marion redete niemand. Nur Gerda kam wieder, als sie Bernd mitgenommen hatten.

Und sie stand erneut auf der Schwelle, nachdem Bernd aus Hannover zurück war.

»Es ist wieder genauso wie damals, als sie nach der Viola gefragt haben, du weißt schon …«, raunte Gerda gerade. »Genau wie damals. Da haben sie auch alle verhört, die im Dorf wohnen, und alle Radfahrer und Spaziergänger.«

»Damals hatten sie eine Sonderkommission«, sagte Marion und sah durch das Fenster auf den Hof. Diese zwei Tage zwischen Freitag und Sonntag im August 1997 waren die aufregendsten gewesen, die das Dorf seit Langem erlebt hatte. Der schreckliche Mord, unmittelbar in ihrer Gegend, oben in ihrem Wald, auf einem Weg, den die meisten von ihnen benutzten. Und in den Tagen danach die Beamten im Dorf, die in Grüppchen irgendwo standen und Leute befragten. Viele Bewohner hatten irgendwas gesehen. Sogar an der Weserbrücke standen die Beamten und befragten die Radler. Und am Ende hatte die schlimmste Zeit in Marions Leben begonnen. Und nicht mehr aufgehört.

»Wie hieß das damals noch, an der Brücke, die Befragung? Wie haben die das genannt?«, fragte Marion. Eigentlich wollte sie nicht daran erinnert werden, aber neugierig war sie jetzt doch.

»Mobile Wache«, sagte Gerda. »Sie hatten da eine mobile Wache. Alle Radfahrer und Wanderer und alle Passanten, die am nächsten Tag um die gleiche Zeit in der Nähe der Brücke waren, wurden befragt, ob ihnen am Tag vorher etwas aufgefallen war.«

Marion nickte. Sie hatten Spuren von Bernd auf der Brücke gefunden und einige Leute hatten gesehen, dass Bernd in der Gegend Fahrrad gefahren war.

»Und jetzt wollen sie ihn wieder finden«, sagte Marion, »warum haben sie nicht rechtzeitig auf ihn aufgepasst? Glaubst du, man hat ihm was angetan?«

»Wer denn?« Gerda trank einen Schluck Kaffee und sah Marion ärgerlich an. »Wer sollte dem was tun? Hier hat euch doch bisher niemand was getan, oder?«

»Du hast recht. Und von denen ist auch keiner mehr da.« Sie deutete mit der Kaffeetasse in die Richtung, wo die Göbels gewohnt hatten. »Die hat schon lange niemand mehr gesehen.«

Jemand ist da, dachte Marion plötzlich. Viola ist wieder da, Viola oder ihr Geist. *Mein ist die Rache, spricht Gott.* Aber das konnte sie Gerda nicht erzählen. Nicht mal mit dem Pfarrer konnte sie über ihre bösen Ahnungen sprechen.

Als Gerda weg war, öffnete Marion die Tür zu Hajos Zimmer. Um acht in der Frühe schon hatte sie sein Mofa auf dem Hof gehört. Wahrscheinlich war er zu Tobias abgehauen, der jetzt mit seiner Familie aus den Ferien zurück war.

In einer Ecke des Zimmers lag ein Berg Schmutzwäsche, aber Marion würde keinen Finger rühren, er sollte sie selbst in die Waschküche bringen. Der Schreibtisch vor dem Fenster war übersät mit Büchern, Heften und Stiften, die den verstaubten Computerbildschirm fast verdeckten. Marion ignorierte das ungemachte Bett und öffnete das Fenster. Danach nahm sie sich Hajos Schrank vor. Sie musste einige Kleiderberge umschichten und eine ganze Weile wühlen, bis sie in der Hand hielt, was sie gesucht hatte: ein Messer mit einer langen, scharfen Klinge, die in einem Lederetui steckte. Sie erschrak. Was hatte sie erwartet? Irgendetwas Schreckliches natürlich. Aber nicht so einen Dolch, mit dem man leicht großen Schaden anrichten konnte. Sie nahm das Messer in die rechte Hand und schloss mit der linken das Fenster. Dann nahm sie eine verklebte Tasse und ein Frühstücksbrett vom Schreibtisch, trug alles in die Küche und spülte es in heißem Seifenwasser.

Als sie ins Wohnzimmer zurückging, fühlte sie sich schon wieder über alle Maßen müde.

Dieses Leben hatte sie sich nicht ausgesucht. Es fühlte sich auch nicht so an, als könnte sie es noch lange aushalten.

## *18*

Ayse Yildiz trat vor die Tür und ließ sie offen stehen, als sie zu dem Bänkchen unter dem Vorbau schlurfte und sich stöhnend darauf niederließ. Es war nicht mehr heiß, aber Luft musste trotzdem hinein in den engen Raum mit der niedrigen Decke, in dem sie hinter der Türe schlief, seitdem sie den größten Teil des Hauses für Ugur und Serap geräumt hatte. Das Kleine kam jetzt bald. Wenigstens ihr jüngster Sohn schenkte ihr endlich einen Enkel. Er war schon Ende vierzig, aber die Frau, die er vor zwei Jahren im Internet gefunden hatte, war um einiges jünger.

Gut, dass Ugur ihr dieses Vordach aus Plastik gebaut hatte, so konnte sie oft hier sitzen und über ihrer Handarbeit auf die Dorfstraße schauen. Jede Menge Leben gab es hier. Es war ihr unbegreiflich, wie Leute freiwillig in die Seniorenanstalt gehen konnten, wenn es doch solche Möglichkeiten gab, alles auf der Straße sehen und miterleben zu können, auch ohne daran teilzunehmen, wenn man keine Lust hatte. So wie früher zu Hause, in Izmir. Nur dass dort ausschließlich die Männer und die Kinder draußen herumsitzen durften, während die Frauen auf dem Basar zusammenstanden. Ayse kicherte ein bisschen vor sich hin und zuckte plötzlich zusammen. Schon wieder jagte ein Polizeiauto an ihr vorbei, die Dorfstraße hinunter. Das war schon das zweite heute Morgen. Was war los? War auf der Bundesstraße wieder ein Unfall passiert? Und noch bevor sie ihre Häkelarbeit aus dem Korb nehmen konnte, hörte sie wieder den Asphalt singen, aufkreischen und dann die schrillen Sirenen. Ein Krankenwagen hinter einem Polizeiauto.

Ayse schüttelte den Kopf. Dass die jungen Leute auch immer zu schnell fahren mussten. Ihr Ugur zum Glück nicht. Der war immer vorsichtig gewesen, auch als Jugendlicher. Glaubte sie wenigstens.

Endlich nahm sie die Häkelarbeit aus dem Korb, der unter der Bank stand. Ein Jäckchen für das Kleine, das nicht mehr lange auf sich warten lassen würde. Sie lächelte.

## *19*

In Hameln stieg Anne Schall aus der Bahn. Her endete der Regionalzug, der an der Weser entlangführte. Bis Holzminden weiterzufahren hätte bedeutet, dass sie umsteigen und längere Zeit durch niedersächsische Landschaften hätte fahren müssen. Sie sah sich um und hielt Ausschau nach einem schlaksigen Jungen mit braunen Haaren und einem hübschen Lächeln. Dabei übersah sie geflissentlich den hageren Mann, der ihr wenig später hinterherlief und ihren Namen rief. Das war Ingmar? Anscheinend war er extrem mager geworden. Seine ungekämmte, grauweiße Mähne begann irgendwo am Hinterkopf und reichte bis in den Nacken. Im Gesicht nahm man als Erstes die spitze Nase und die leicht vorstehenden Zähne wahr. Früher war ihr nichts Ungewöhnliches an seinem Gebiss aufgefallen. O Gott, sah sie selbst auch so alt aus? Verstohlen überlegte sie, ob sie heute Morgen Make-up aufgelegt hatte und ob ihre Falten genauso ins Augen stachen.

Etwas steif reichte er ihr die Hand. Seine Augen waren braun und sein Grinsen löste ein vertrautes Gefühl bei ihr aus. Sie schüttelte seine Hand und sah um sich. »Schick ist der Bahnhof jetzt. Ganz anders als vorher.« Ihre Stimme klang verlegen.

Ingmar ließ endlich ihre Hand los und nickte. Bevor er seinen Blick über den Bahnsteig schweifen ließ, wanderten seine Augen kurz über Annes Körper.

»Von Grund auf saniert.« Er deutete den Bahnsteig hinunter.

Anne lachte. »In Vlotho hat sich auch eine Menge getan«, redete sie drauflos, um das verlegene Schweigen zu überbrücken. »Wir haben jetzt überall an den Landstraßen Radwege und die Innenstadt ist auch wieder belebter. Aber der Bahnhof ist immer noch unbeschreiblich. Eine Ruine! Wenn man davorsteht, kann man gar nicht anders als an die DDR zu denken, kurz nach der Wende.«

Ingmar nickte. »Die Orte in den neuen Bundesländern sind heute teilweise schöner als manche Kleinstädte im Ruhrgebiet.«

»Was an der Kommunalkrise liegt.« Himmel, was für einen Schwachsinn wir labern, dachte Anne.

»Hier auf dem Bahnhof gibt es jetzt Aufzüge zu den Gleisen. Extra für die vielen Weserradler, die im Sommer mit dem Zug herkommen.« Ingmars Stimme klang so stolz, als habe er den Bahnhof selbst renoviert.

Als sie in das moderne Gebäude traten, musterte Anne ihn von der Seite. Was will er von mir?, dachte sie. Was wollen zwei sich so fremde Leute miteinander anfangen? Arbeiten, dachte sie dann, er braucht Hilfe und ich wahrscheinlich auch. Sie lachte.

Im Bahnhof lud er sie in einem Bäckereicafé zu einem Cappuccino ein und erzählte ihr überraschende und besorgniserregende Neuigkeiten über den Fall.

Ein Mordfall also, sie mussten sich beeilen.

Als sie ungefähr eine halbe Stunde lang die B 83 hinuntergefahren waren, kam Anne die Gegend bekannter vor. Dabei war sie hier nur mit dem Fahrrad durchgefahren. Auf einem Schild ein Hinweis: *Rühler Schweiz* – ja, hier war das Radfahren deutlich anstrengender geworden – und dann eine Pension *Zum Postillion.*

Ingmar deutete auf ein Dorf, das auf der anderen Weserseite lag und verschlafen aussah.

»Dölme«, sagte er, »das seltsamste Dorf, das ich kenne. Eine Gastwirtschaft, kein Laden. Ein Pfad zur Weser, der dort einfach im Schlamm endet. Man hat den Ort vermutlich erst entdeckt, als der Weserradweg hindurchgeführt wurde.« Er lachte.

»Ja, Mensch, Dölme kenne ich auch«, sagte Anne. »Da gibt es ein sehr gepflegtes Anwesen, ein großes Haus mit einem wunderschönen Garten. Die Leute vermieten nur zwei Zimmer, machen einem aber ein Wahnsinnsfrühstück, unter dem sich der Tisch biegt. Ich bin schon zwei Mal da gewesen. Wenn man nachmittags mit dem Fahrrad ankommt, wird man zu hausgemachtem Kuchen in den Garten eingeladen.«

Ingmar nickte und fuhr langsamer.

»Untervörde«, las Anne auf dem nächsten Ortsschild. Seltsam, den Ort kannte sie auch. Hatte sie hier nicht einen halben Nachmittag verbracht, an einem heißen Tag im letzten Jahr? Danach hatte sie Mühe gehabt, noch vor der Dunkelheit ihr nächstes Quartier zu erreichen. Irgendwas hatte sie hier so aus der Fassung gebracht, dass sie sich erst erholen musste. Was war das noch? Ihr Blick streifte ein Wegkreuz, das etwas zurückgesetzt an der Straße stand.

Und dann fiel es ihr wieder ein. Im Wald hatte ein großes Kreuz gestanden. Mit Blumen davor und mit mehreren kleinen Herzchen, die daran befestigt waren. Und am Querbalken war das Foto einer jungen Frau mit blonden Haaren angebracht. Noch jung. Als Anne davorstand, streifte das Grauen sie wie ein plötzlicher Wind an einem heißen Tag. Der Tod der jungen Frau war ziemlich überraschend gekommen, auf dem Radweg. Nein, nicht der Tod, verbesserte sie sich. Ihr Mörder war ziemlich überraschend gekommen an diesem Sommertag.

Und kurz nach der Radtour hatte der Tod auch in Annes Leben einen großen Auftritt gehabt. Der Brustkrebs hatte schon metastasiert. Aber sie hatte den Sensenmann wieder vertrieben. Ein Glück.

In diesem Moment wurde sie mit einem Ruck in ihren Gurt gepresst und kam der Frontscheibe erschreckend nahe. Ingmar war auf die Bremse gestiegen.

An der Kreuzung am Ende des Ortes war eine lebensgroße Kinderfigur aufgetaucht – sie trug gelbe Gummistiefel und einen blauen Rucksack und lief direkt auf die Straße zu.

## 20

Diesmal waren sie zu viert. Hauptkommissar Frankel und seine Kollegin, Anne Schall, die mitgekommen war, um Marion Pohlmeier zu unterstützen, wie Frankel sagte.

Hinter den Kriminalbeamten standen wieder die beiden Polizisten vom letzten Mal.

»Wir haben Ihren Mann gefunden«, sagte der Kommissar, nachdem er die Kollegin vorgestellt hatte. Er sprach ernst und sah sie lange an.

»Ja? Und wie geht es ihm?«, fragte Marion atemlos, obwohl sie alles wusste. Aber das war nicht möglich. Sie hatte doch ihr Leben lang nichts anderes getan, als zu warten, dass er wiederkäme. Und jetzt wartete sie wieder.

»Wo ist er denn?«, fragte sie, nachdem der Kommissar eine Weile geschwiegen hatte.

»Nicht weit von hier. Er ist tot. Wir haben ihn am Ufer gefunden. Später werden wir Sie brauchen, dann holen wir Sie ab, nach Holzminden. Sie müssen ihn identifizieren.«

»Aber ich will ihn sehen, sofort«, sagte sie, »lassen Sie mich dahin, lassen Sie mich zu ihm.« Für einen kleinen Moment wich ihre Müdigkeit und sie fühlte etwas, eine Energie, die ihr die Wangen färbte.

Die Polizisten besprachen sich mit wenigen Worten, dann nickten sie.

Marion ging ins Haus zurück, holte ihre Jacke und irgendeine Tasche, in die sie ihr Portemonnaie stopfte. Sie hatte sich wieder beruhigt. Wie gewöhnlich empfand sie nichts, außer der dringenden Notwendigkeit, zu funktionieren, alles zu tun, was man in dieser Situation tun musste. Hajo war nicht zurück, sie war alleine.

Im Auto starrte sie stumm auf die Straße. Man hatte sie angewiesen, hinten zu sitzen, der Kommissar fuhr, die

Kommissarin saß neben ihr. Marion strich auf ihren Oberschenkeln herum, die an den Seiten über den Sitz quollen, und musterte die Kommissarin verstohlen von der Seite. Mit ihren glänzenden schwarzen Haaren, die nur an den Seiten und am Pony leicht grau waren, und der schwarzen, kastenförmigen Brille hätte die richtig modern aussehen können, wenn sich in ihr Gesicht nicht so viele Falten gegraben hätten. Sie wirkte, als hätte sie schwere Zeiten hinter sich. Marion blickte schnell auf die Straße und strich wieder auf ihren Oberschenkeln herum. Sie wollte nicht an das denken, was sie vor ein paar Tagen wieder gehört hatte. Sie wollte an das denken, was schön war, damals, als sie ihn kennengelernt hatte. Bernd war so ein lieber Kerl gewesen.

Sie dachte daran, wie gerne sie die Silberhochzeit gefeiert hätte, und das tat weh. Die fünfundzwanzig Jahre waren ja schon längst vorbei, aber sie hatte trotzdem vorgehabt, ein tolles Fest zu machen. So wie die anderen Frauen im Dorf. Nein, noch viel besser. Alle hatte sie einladen wollen. Ins Hotel *Stadt Hameln*. Oder in das Restaurant am Bismarckturm in Hameln. Ganz fein würden sie essen gehen, so wie damals bei der Hochzeit. Bernd und sie würden am Kopf der Tafel sitzen. Genau so. Aber die aus dem Dorf wären ja sowieso nicht gekommen.

Deswegen hatte sie vorgehabt, eine Reise zu machen. In die Türkei, an einen Strand. Oder noch weiter weg, wie es die anderen aus dem Dorf auch taten. Auf die Malediven oder so. Marion war sich nicht sicher, wo die Malediven lagen, aber der Ort hörte sich gut an. Exotisch. Und weit weg.

Bernd hatte sie praktisch von Holger losgeeist, damals. Von ihm und seinen ständigen Schlägen, die sie glaubte, ertragen zu müssen. Obwohl sie doch erst achtzehn und noch richtig hübsch gewesen war. Aber sie wollte nicht mehr Ausschau halten nach jemandem, der sich für sie interessierte. Und sie war auch nicht so eine wie Nicole, die sich in Kneipen an Männer heranwarf, damit die sie mitnahmen, für eine Nacht oder vielleicht für länger. Nein, so war sie nicht. Sie wollte etwas Richtiges. Deshalb musste sie doch mit dem Holger zusammenbleiben. Bis Bernd kam. Er war kein schlechter Kerl.

Der Wagen fuhr über die Weserbrücke und hielt am Straßenrand an. Der Kommissar stieg aus und sprach kurz mit einem der Polizisten, die dort standen. Marion war schon lange nicht mehr hier gewesen. Sie starrte in den Fluss, der schnell unter der Brücke hindurchströmte. Hier hatte er gestanden, ihr Bernd, und sich mit der Schlampe unterhalten. Dann war die weggelaufen und er war ihr gefolgt. Marion sah in Richtung Waldrand. Dort hatte sie im Gebüsch gehockt und auf Bernd gewartet. Sie wollte Sex mit ihm, hatte er erzählt. Sonst hätte er doch gar nicht mitgemacht.

Als Spaziergänger sich näherten, bekam er Panik und wollte, dass sie ruhig wäre. Darum hielt er ihr den Mund zu.

Er konnte doch nichts dafür, dass sie so eine Schlampe war. Er war ein guter Familienvater. Bald danach sollte sein Sohn zur Welt kommen. Er wollte doch nur, dass niemand das mit Viola erfuhr. Wie sie immer alle quatschten im Dorf! Gar nicht auszudenken, wie sie hier weitergelebt hätten, wenn alle erfahren hätten, dass der Bernd Viola nachgegeben hatte. Sie hatte ihn verhext. Und sie mussten doch auch an Vera denken. Aber Bernd hatte gelogen, damals.

»Sie hatte seit Jahren ein Verhältnis mit mir«, hämmerte es in ihrem Kopf. Dieser Satz hatte sich in ihrem Gedächtnis eingegraben. Vor Gericht hatte Bernd ihn gesagt, alle konnten ihn hören und lesen.

Gerda hatte ihr die Zeitung unter die Nase gehalten, in der das geschrieben stand. Alle hatte der Satz geschockt, auch Violas Mann und ihren Vater. Das ganze Gericht. Und Marion hatte Gerda gesagt, dass sie die Zeitung nicht mehr lesen wollte. Nie mehr wollte sie den Schund lesen, den die Zeitung über ihn schrieb. Und jetzt hatte Marion den Satz wieder gehört. Vor ein paar Tagen erst. Bevor Bernd dann verschwand. Marion fühlte ein plötzliches Stechen im Magen, als ob sie sauren Joghurt gegessen hätte. Sie sah aus dem Fenster auf die schnell dahinfließende Weser und atmete tief ein und aus.

Der Kommissar stieg wieder ein und der Wagen drehte, fuhr zur B 83 und dann etwa zehn Kilometer weserabwärts, wo er hinter anderen Autos, vor allem Polizeiwagen, am Straßenrand parkte. Frau Schall stieg aus und half Marion aus dem Wagen, die sich kaum getraute, die Füße auf den matschigen Boden zu setzen. Die Kommissarin hielt sie fest am Arm gepackt und führte sie langsam über ein Rasenstück, in das sie mit jedem Schritt einsanken.

Dahinter fingen Büsche an, durch die jemand einen Pfad gebahnt hatte. Wahrscheinlich die Weserangler, die überall ans Wasser gelangten, über jedes Feld, durch jeden Privatbesitz liefen sie. Nichts hier war vor den Anglern sicher.

Am Ufer war alles abgesperrt. Leute in weißen Anzügen liefen herum, blieben kurz stehen, als die Beamten mit Marion kamen, und ließen sie bis zum Ufer passieren. Die Person, die an der Böschung lag, war zugedeckt. Jemand hob das Tuch.

»Gehen Sie nicht so nahe heran«, sagte Frau Schall und warf ihr einen besorgten Blick zu. »Er hat ziemlich lange im Wasser gelegen. Und dann im Schlick.«

»Totgestochen«, murmelte Marion. Sie hielt sich die Seite und versuchte, Luft zu bekommen, schnelles Gehen war sie nicht mehr gewöhnt. Vor ihren Augen schwankten ein paar Häuser auf der anderen Flussseite. Sie schienen näher zu kommen und sich dann wieder zu entfernen. Sie kniff die Augen zusammen.

»Dölme«, sagte der Kommissar und folgte ihrem Blick. Marion murmelte weiter vor sich hin.

»Was haben Sie gefragt?«

Frau Schall, die Marion immer noch fest am Arm hielt, sah ihr aufmerksam ins Gesicht.

»Wie? Ich meine, wer? Woran ist er …?«

»Wer Ihren Mann erstochen hat?«, fragte Frau Schall.

»Wir kennen die Todesursache noch nicht. Sein Körper weist multiple Verletzungen auf«, sagte Frankel.

Marion starrte auf Bernd. Sein Gesicht war so aufgedunsen, dass man es kaum erkennen konnte. Der Hals und das halbe Gesicht waren von einem Fetzen bedeckt, der sein Unterhemd gewesen sein konnte. Waren die schwarzen Flecken Blut? Sein Körper sah verdreht aus.

Er würde nie wieder nach Hause kommen, nicht in diesem Zustand.

Wieder hatte sie die Worte im Ohr, die Hajo Bernd Freitagnacht vorgelesen hatte. Sie waren oben, beim Vater. Hajo und diese Hexe. Er hatte ein Zeitungsblatt in der Hand gehalten. Geschrien hatte er. Mit dem Stück Zeitung gewedelt und geschrien. Marion hatte sich am Treppengeländer festgehalten, um nicht mit einem Knall auf einer der Holzstufen zu landen, als sie das hörte. Marion hatte Hajo noch nie so schreien hören wie Freitagnacht. Und sie wollte das auch nicht noch einmal hören.

Sie drehte sich weg, hob nacheinander die Füße aus dem Matsch und betrachtete ihre dreckigen Schuhe.

Dann brachten sie sie zurück. Sie musste es dem Jungen sagen, aber das konnte sie nicht. Der war auch immer noch nicht da.

## *21*

Ich muss Vera finden. Ich muss mit ihr reden. Über Untervörde, über uns Kinder. Und vor allem über das Monster. Sie weiß über alles Bescheid. Sie muss etwas tun. Sie oder ich. Wenn sie nichts macht, muss ich das. Ihr etwas antun. Klara hielt mitten in der Bewegung inne. Allen etwas antun. Eine ganze Familie in ihrem eigenen Blut. Ein verdorbenes Leben, so wie meins. Alle krank und tot. Alles vergebens. Ausgelöscht. Vertrieben. Ich muss Vera finden. Wo halten sich in Berlin die Obdachlosen auf? An der Gedächtniskirche. Am Hermannplatz. In der Hasenheide. Auf Friedhöfen. Hatte Hajo nicht auch den Plötzensee erwähnt? Sie ging so schnell am Spiegel vorbei, als befürchte sie, darin nicht mehr sichtbar zu sein. Kein Bild wird mehr zurückgeworfen. Die Naturgesetze sind aufgehoben.

Wenig später stieg sie am Hermannplatz aus der U-Bahn. Lärm schlug ihr entgegen, als sie die Treppe hochging. *Maybe will never be her own boss. Be,* stand auf einer Plakatwand neben dem Karstadt-Kaufhaus Diesmal saß eine junge Frau mit einem löchrigen T-Shirt und Jeans im Bild. Sie hockte seitlich auf dem Boden und wandte Klara das Gesicht zu. Würde sie diese Werbung irgendwann mal kapieren?

Ihr Blick wanderte über den Platz zwischen den Fahrbahnen, den sie überqueren musste. Marktfrauen standen hinter ihren Tischen und riefen laut ihre Waren aus. An der Imbissbude am U-Bahn-Eingang hing ein Schild: *Currywurst: 1,50 €.*

Die *China Box* am U-Bahn-Häuschen offerierte eine duftende Schachtel gebratener Nudeln für zwei Euro.

An den Stehtischen um die Imbissbuden hingen seltsame Gestalten herum, deren Blicke ungenau wirkten, verwaschen, krank, bestenfalls betrunken, wahrscheinlich zugedröhnt. In den Händen Bierflaschen. Hin und wieder hielt einer seinem schwarzen Labrador die Flasche hin und alle lachten.

Hier wollte sie Vera suchen? Sie dachte an das Mädchen, das sie in Erinnerung hatte. Ewas groß für ihr Alter, lange, rotbraune Locken, hübsche Kleidchen. Wie mochte sie jetzt aussehen, nachdem sie jahrelang auf der Straße gelebt hatte? Würde sie sie überhaupt wiedererkennen? Würde sie mit Klara reden wollen?

Im Gedränge beschlich sie ein unheimliches Gefühl, ohne dass sie genau hätte sagen können, woher es stammte. Sie empfand Panik und einen Impuls, schnell zu verschwinden. Plötzlich wurden die Bewegungen der Leute langsamer und sie schienen für Sekunden die Luft anzuhalten. Zwei blau gekleidete Männer bahnten sich ihren Weg über den Platz. *Sicherheitsdienst* prangte gut sichtbar an ihren Jacken.

Als sie vorbeigelaufen waren, lösten sich zwei Männer von einem der Bistrotischchen, nutzten die Gasse, durch die die Sicherheitsleute gegangen waren, strichen dicht an Klara vorbei und stießen sie dabei an.

Klara sah empört auf, einer der Männer hielt ihr etwas hin, Klara schüttelte den Kopf.

»Blöde Kuh«, sagte er und blies ihr seinen Atem ins Gesicht. Der andere schlug ihr mit der flachen Hand fest auf die Baseballkappe.

Klara zuckte zusammen, erstarrte, blieb stehen und drehte sich um. »Was soll das, Arschloch?«, rief sie den Männern hinterher. »Verdammtes Pack!«, schimpfte sie, während sie die Kappe gerade rückte. Hatte sie es eigentlich nötig, am hellen Tag mitten auf einem Platz angemacht, geschlagen und beschimpft zu werden? Niemand von den Umstehenden sagte ein Wort. Nach einem kurzen Moment drehten sich alle wieder ihren Verrichtungen zu.

Klara drängelte sich heftig durch die Leute. An der Ampel überquerte sie die Straße und betrat das Karstadt-Kaufhaus. Sie ließ sich auf ein Bänkchen fallen, das im Untergeschoss am Rande der Lebensmittelabteilung stand, und atmete tief ein und aus. Alle hatten gesehen, dass sie geduckt worden war. Niemand hatte auch nur etwas gesagt. Ihr war übel.

*Sale* stand in Großbuchstaben auf einem Schild in Augenhöhe. Als Klara ihren Blick von den roten Buchstaben hob, schaute sie in das Gesicht einer alten Frau, die sich über sie beugte wie über eine Kranke. »Der Hermannplatz, hm?«, sagte sie. »Der kann einen schon ganz schön fertigmachen.« Die Frau ließ sich neben Klara auf die Bank fallen und lachte mit offenem Mund.

Klara nickte, ohne den Kopf zu heben und eine Miene zu verziehen. Sie war noch immer sprachlos. Ihr Mund war trocken. Euch mach ich fertig, dachte sie. Ich mach euch alle kaputt. Na wartet. Ihre Gedanken wanderten zu Pohlmeier und zu Seifert. Und dann zu all diesen blöden Typen, die ihr jemals begegnet waren. Diese Welt war kein Ort, an dem es Sicherheit oder auch nur Ruhe gab.

»Der Hermannplatz ist mein Zuhause«, erzählte die Alte neben ihr und streckte ihre knochigen Beine in den hautfarbenen Stützstrümpfen vor sich aus. »Wissen Sie, ich wohne jetzt in Tempelhof, aber hier habe ich immer noch eine Wohnung. Da drüben, direkt gegenüber vom Karstadt. Vor fünfzig Jahren, ja, vor fünfzig Jahren haben wir hier das schönste Leben gehabt.«

Klara hörte ihr zerstreut zu und atmete tief ein und aus.

»Im Sommer sind wir immer in der Hasenheide spazieren gegangen. Wir jungen Frauen, alleine! Wissen Sie, wir haben uns nichts dabei gedacht, wir hatten keine Angst!« Klara nickte und sah weiter auf ihre Schuhe. »Kennen Sie noch das *Resi?*«, fragte die Alte jetzt. »Den Tanzpalast. Direkt am Eingang zum Park, also zur Hasenheide, war der. Da gab es alles, Tanz und Musik, junge Männer und alles. Und sogar Flirttelefone an den Tischen, von denen aus man anrufen konnte, wenn einem jemand gefallen hat. Und da haben wir uns verliebt.«

Klara erhob sich langsam, nickte der alten Frau zu, wobei sie den Blickkontakt mied, und fuhr ins Erdgeschoss hoch. Wenig später war sie auf dem Weg in Richtung Mainzer

Straße. Hier gab es ein Angelgeschäft, das alles Mögliche verkaufte. Auch Messer zum Fischetöten, Zweigeschneiden, wen interessierte das schon.

Wie man an Waffen kommen konnte, wusste sie nicht. Aber sie brauchte eine. Ein Messer. Und sie musste wissen, wie man es benutzte. Sie würde damit üben. Auf irgendwas einstechen, bis sie ihre Hemmungen abgebaut hätte, zuzustechen.

Diesmal behelligte sie keiner mehr am U-Bahnhof, die beiden Typen waren offenbar verschwunden.

Als sie eine halbe Stunde später wieder in der Bahn saß, hatte sie immer noch diese Wut in sich, diese wahnsinnige, aufbrausende und zugleich kalte Wut. *Nichts ist mehr, wie es war.* In ihrem Rucksack befühlte sie das Messer, das in einem Futteral aus Leder steckte.

## *22*

»Eine Pizza hat ungefähr tausendfünfhundert Kalorien«, sagte Ingmar Frankel. »Versteht sich von selbst, dass man so was Fettes nicht isst, oder? Schon gar nicht in unserem Alter.« Seine Stimme klang wie die eines Oberlehrers für Biologie. Anne sah ihn von der Seite an. Er machte nicht den Eindruck, als ob er scherzte.

Damals hatte er keinem Genuss widerstanden, auch nicht fettem Essen und ordentlichen, kühlen Bieren, bei denen er sich im Übrigen gut auskannte. Die Kneipe mit den zweiunddreißig Biersorten war sein Zuhause gewesen, ein gemeinsamer Imbissbesuch der Höhepunkt der Woche.

Anne grinste. Ob er das wohl bestreiten würde?

Am besten hatten die Pommes spezial im Freibad geschmeckt, wo sie schon weit über den Platz dufteten, bevor der Erste aus der Gruppe damit ankam.

»Aber essen gehst du noch, oder?«, fragte Anne und betrachtete das Butterbrot, das sie in der Hand hielt. Schwarzbrot mit Senf und rohem Schinken. So aß Ingmar jetzt. Und für sie hatte er auch eine Schnitte dabeigehabt. Nett.

»Hin und wieder ess ich nämlich gerne was Warmes, also etwa jeden Tag ein Mal«, sagte Anne und sah den verlockenden Landgasthöfen nach, an denen sie auf dem Weg zu Ingmars Wohnung in Holzminden vorbeikamen.

Er schaute auf die Uhr und dann wieder geradeaus.

»Gut. Dann koche ich uns zu Hause was. Hab ich aber schon lange nicht mehr gemacht.« Er grinste und kratzte sich am Hals. Annes Blick folgte der Bewegung. Rasiert hatte er sich auch schon eine ganze Weile nicht. Er zeigte die gleichen Abnutzungserscheinungen wie die Kollegen, mit denen sie es sonst zu tun hatte. Und jetzt setzte er einfach voraus, dass sie mitkommen und über Nacht bei ihm bleiben würde. Und damit lag er richtig. Zurückzufahren war ihr bisher nicht in den Sinn gekommen, jetzt um zehn fuhr auch kaum noch ein Zug nach Vlotho.

Seine Wohnung war ein bisschen karg eingerichtet, aber einladend. Zwei große Zimmer, eine geräumige Küche. Bei dem Gästebett handelte es sich wohl um das Schlafsofa im Wohnzimmer. Sie ließ sich darauffallen und schaute um sich, während Ingmar in der Küche verschwand.

»Was helfen?«, rief sie ihm hinterher, aber er antwortete nicht.

Kurz darauf öffnete sie die Glastür und trat auf den Balkon, der unbenutzt aussah. An einer Seite stand ein dreckbespritztes Rennrad. Daneben eine Schachtel mit ordentlich hineingelegten Handschuhen und einer gefalteten neongelben Weste.

Ansonsten gab es hier nichts. Keine Pflanzen, keinen Tisch und keinen Stuhl. Man sah sofort, womit Ingmar keine Zeit verschwendete. Ein Streifen Licht fiel in einen Hof, auf dem große Mülltonnen neben einem kleinen ungepflegten Blumenbeet standen. Trostlos, fürwahr. Sie ging wieder ins Wohnzimmer und suchte aus dem Schrank gegenüber dem Sofa Essgeschirr heraus, das sie möglichst ordentlich auf dem Tisch verteilte.

»Fährst du Rennrad?«, fragte sie Ingmar.

»Ich fahr sogar manchmal zur Arbeit damit«, rief er aus der Küche. »Es geht nichts über Bewegung. Findest du nicht?«

Wenig später tischte er ein indisches Gericht auf: Hähnchenfleisch in einer Kokosmilchsoße. »Hatte ich noch im Gefrierfach«, sagte er verlegen und holte eine weitere gefüllte Schüssel aus der Küche. »Hier ist der Reis. Zum Glück gibt es jetzt schon welchen, den man in der Mikrowelle erwärmen kann. Schmeckt aber ordentlich.«

»Lecker. Indisch ess ich gerne. Puh!« Sie nahm sich reichlich. »So einen Tag hatte ich schon lange nicht mehr.«

Ingmar saß ihr gegenüber und sah sie an. »Wusstest du, dass Chili ein fettverbrennendes Gemüse ist? Wenn man sich gut ernährt und viel bewegt, ist das die halbe Miete. Man muss eben was tun, damit man gesund bleibt.«

»Schön scharf.« Anne aß so schnell wie in früheren Zeiten, wenn irgendwas sie beschäftigte. Sie nahm sich nicht viel Zeit zum Kauen, wie sie es in den letzten Monaten mühsam eingeübt hatte. Er kaute jeden Bissen gefühlte hundert Mal. Anne sah auf die Uhr und gähnte. Ein langer Tag.

»Was denkst du?« Er legte sein Besteck an den Rand des Tellers und trank einen kräftigen Schluck Bier.

»Wer krank wird, ist selbst schuld?«

»Was? Na ja.« Er grinste und kratzte sich am Kopf. »Meistens hängt es schon mit dem Verhalten zusammen, also, was man seinem Körper abverlangt und wie gut man mit ihm umgeht. Trainieren und fasten, das kann jeder, sag ich immer.«

»Aha«, machte Anne. »So ist das also. Wer früher stirbt, ist selber schuld. Außer natürlich, er wird ermordet.«

Frankel fasste über den Tisch, berührte ihren Arm und sah sie entschuldigend an, aber Anne achtete nicht darauf.

»Die arme Frau Pohlmeier beschäftigt mich.« Sie deutete vage nach draußen. »Als ich gefragt habe, ob sich jemand um sie kümmern würde, hat sie nur mit den Achseln gezuckt. Sie muss ganz schön isoliert leben.«

»Nicht wirklich. Sie hat einen Sohn, der sechzehn ist, oder so. Er lebt bei ihr. Und eine ältere Tochter, die ist allerdings vor Jahren abgehauen.«

Anne sah ihn an. »Hast du die Kinder schon mal gesehen?«

»Nö.« Ingmar kratzte sich wieder am Hals.

»Übrigens hat Marion Pohlmeier gefragt, wer ihren Mann erstochen hat beziehungsweise ob er erstochen wurde. Ist doch seltsam, oder? Sah der so aus, als ob er erstochen wurde? Wie kam sie darauf?«

»Ich überlege auch schon die ganze Zeit, ob sie selbst ihren Mann auf dem Gewissen hat. Zusammengebrochen ist sie ja nicht gerade, als sie die Leiche gesehen hat.«

»Die Frau Pohlmeier?« Anne runzelte die Stirn. »Hast du gesehen, wie schwerfällig sie sich bewegt? Klar hast du das gesehen. So was fällt dir ja auf, oder? Frau Pohlmeier kann nur noch mit Schwierigkeiten laufen. Geschweige denn, jemanden erstechen, zur Weser schleifen und ins Wasser werfen.«

»Na ja. Dazu hätte sie auf jeden Fall Hilfe gebraucht.« Er schaute an die Zimmerdecke, von der eine Birne ohne Schirm schaukelte.

»Du meinst, der Junge hat ihr geholfen? Pohlmeiers eigener Sohn? Der hat seinen Vater erstochen?« Anne warf ihm einen skeptischen Blick zu. »Eine adipöse Ehefrau und ein Jugendlicher? Und warum, nach so langer Zeit? Welches Motiv sollten sie haben? Was ist eigentlich mit den Angehörigen des Opfers von damals?«

»Die Göbels? Gibt es hier nicht mehr. Sind damals sofort weggezogen«, sagte Frankel. »Der Ehemann des Opfers ist vor einem Jahr an Krebs gestorben, die Eltern von Viola sind auch tot, die Schwiegereltern sind über achtzig Jahre alt und leben in Spanien in einem Seniorenheim.«

Er ging in die Küche und kramte im Tiefkühlfach, während Anne den Löffel aus der Schüssel mit der Soße nahm und ihn gedankenverloren ableckte. »Hatte Viola keine Kinder?«, rief Anne ihm hinterher.

»Kinder? Die war doch erst sechsundzwanzig.«

»Na und? Wir sind ja hier auf dem Land, nicht in Berlin oder München.«

Die Packung fettreduziertes Vanilleeis, mit der er zurückkam, war von Eiskristallen überkrustet. Anne nahm sie ihm ab und stellte sie auf den Tisch, während er ein Sideboard öffnete, sich hinunterbeugte und schließlich zwei Dessertschälchen zum Vorschein brachte.

»Warum sollte übrigens Marion Pohlmeier ihren Mann aus dem Wege räumen?«, fragte Anne ihn, als er wieder hochkam. Ingmar kratzte sich am Hals. »Hat die Nase voll von ihm, wird ihn aber nicht mehr los?« Er setzte sich an den Tisch.

»Das kapiert man sowieso nicht. Wieso hält sie zu ihm, einem Vergewaltiger und Mörder? Warum zieht sie nicht aus dem Dorf weg, als sie noch nicht alt und krank ist? Wieso lässt sie ihn nach der Haft wieder in ihr Haus und riskiert so erneut, aus der Dorfgemeinschaft ausgeschlossen zu werden? Die einzige Möglichkeit, die sie hatte, noch dazuzugehören, war ja wohl die Scheidung, oder? Man distanziert sich von dem Gewalttäter und kann vielleicht irgendwie irgendwo weitermachen, jedenfalls wenn Gras über die Sache gewachsen ist. Der Pohlmeier war aber schon eine ganze Weile aus der Haftanstalt zurück, das mussten die anderen im Dorf wissen. Oder hat sie immer zu ihm gehalten und deswegen in Kauf genommen, hier zu leben, geächtet, von den anderen missachtet?«

»Sie hat ihren Mann regelmäßig in der JVA besucht. Aber ich nehme an, die Besuche hat sie geheim gehalten. Dass er aus der Haft entlassen war, hat sie auch keinem erzählt, soviel ich weiß.«

»Wahrscheinlich konnte sie nur im Dorf weiterleben, weil alles totgeschwiegen wurde.« Anne trank ihr Weinglas leer. »Fragt sich nur, wie das für die Kinder war. Wahrscheinlich katastrophal. Jede Wahrheit ist immer noch besser als das Schweigen.«

»Das erklärt auch nicht, warum sie sich von dem Mörder nicht getrennt hat.«

»Vermutlich sind die Gründe dafür ganz banal.« Anne machte eine Bewegung, die ihren Körper stark verbreiterte. »Zu dick, zu träge, zu unselbstständig? Vermutlich.«

»Und depressiv«, fiel Anne ein. »Vielleicht gab es auch keine zwingende Notwendigkeit, die Energie zur Trennung und zur Selbstständigkeit aufzubringen. Die Opferfamilie ist verzogen, Marion Pohlmeier hatte einen Säugling, kurz nachdem der Vater verhaftet wurde. Irgendwer hält vielleicht zu ihr. Die Eltern?«

Er verteilte das Eis großzügig auf die Teller. Anne nahm ihre Portion und aß sie, ohne darauf zu achten, wie sie schmeckte, schnell auf.

»Sie lebt weiter, als ob nichts passiert wäre. Jahrelang. Und unter dem Teppich, unter den alles gekehrt ist, braut sich was zusammen.«

»Also doch Marion und ihr Sohn?«, fragte Anne.

»Oder ihre beiden Kinder. Wobei die ältere Tochter natürlich nicht hier ist, sondern auf Trebe in Berlin.«

»Also, wenn du mich fragst: Das war jemand aus dem Dorf, der noch eine alte Rechnung offenhatte.« Anne gähnte.

»Na, ich weiß nicht.« Ingmar verfiel in nachdenkliches Schweigen. »Jedenfalls müssen wir ihren Hof auch auf Blutspuren untersuchen, brauchen also baldmöglichst einen triftigen Grund für die Hausdurchsuchung. Und die Kollegen müssen herausfinden, wo genau die Leiche in den Fluss gelangt ist.« Jetzt gähnte auch er und stand auf.

Annes Blick fiel auf sein spitzes Kinn und den fast fettfreien Körper. Diese Hagerkeit stand ihm nicht. Ihm fehlte das Fleisch an den Rippen, ein bisschen Bauch, der Hintern, alles das, was die Fantasie anregte.

Sie stand auf und fing an, das Geschirr in die Küche zu bringen.

Er holte ihr eine Decke und ein Kopfkissen und verzog sich wenig später in sein Schlafzimmer.

# Donnerstag, 9. August 2012

## *23*

Hajo kam die ganze Nacht nicht wieder. Marion saß im Wohnzimmer auf der Couch und traute sich nicht, sich auszustrecken und einfach einzuschlafen. Die Vorhänge waren nicht zugezogen, im ganzen Haus brannte Licht. Es war ihr egal. Auch, dass man sie von draußen sehen konnte, was sie sonst auf keinen Fall zuließ. Es war nicht gut, wenn eine Frau in der Nacht alleine in ihrem Haus gesehen werden konnte.

Eigentlich hatte sie zu Peter gehen wollen. Wenn so was passiert war, konnte man doch einfach zum Pfarrer kommen und sein Herz ausschütten, oder? Sie hätte ihn ja auch anrufen können, vielleicht hätte er sogar einen Hausbesuch gemacht. Aber sie konnte sich einfach nicht dazu aufraffen.

Irgendwann, gegen zwölf, holte sie sich ein Glas Wasser aus der Küche. Aus dem Garderobenschrank zog sie im Vorbeigehen eine Strickjacke. Sie setzte sich wieder auf das Sofa und hängte sich die Jacke um. Worauf wartete sie? Fast hatte sie es schon wieder vergessen. Sie musste Hajo etwas sagen. Er war aber nicht da. Sie schaltete den Fernseher ein und zappte ein bisschen zwischen den Kanälen hin und her. Im dritten Programm brachten sie gerade einen alten *Tatort*. Eine Wiederholung mit Leitmeyr und Batic. Marion kannte den Krimi schon. Während sie mit müden Augen in die Glotze sah, erschien dort ein Bild, das sie für einen Moment alarmierte. Ein Mann wurde abgestochen. Einmal, zweimal, dreimal sah man das Messer in lebendiges Fleisch eindringen. Sogar das Ratschen glaubte Marion zu hören, das dabei entstand. Das Messer. Sie stand auf und fing an zu suchen.

Sie musste es finden. Sie hatte es bei ihm entdeckt und war damit aus seinem Zimmer gegangen. Aber wo hatte sie es dann versteckt? Manchmal war ihr Kopf so leer, dass sie etwas automatisch tat und hinterher nichts mehr darüber wusste. Sie durchwühlte in der Küche alle Schubladen. Dann den Wohnzimmerschrank. Anschließend öffnete sie die Liege, auf der sie schlief. Unter der Matratze gab es ein großes Fach, in dem man das Bettzeug verstauen konnte. Auch dieses Versteck, das sie manchmal benutzte, weil sie glaubte, dass Hajo schon aus Trägheit nicht unter ihr Bett gucken würde, war leer.

Sie ließ die Matratze fallen und setzte sich darauf. Der Fernseher lief noch immer. Sie konnte nur hoffen, dass sie das Messer an einem Ort versteckt hatte, den Hajo nicht kannte. Irgendwo musste das Messer sein. Sie gähnte und endlich fielen ihr die Augen zu.

Stunden später wachte sie von einem Klopfen auf. Das Licht brannte. Vor der Scheibe stand Gerda und hämmerte dagegen. »Mach auf«, rief sie und gestikulierte. »Mach sofort auf. Es ist total wichtig!«

»Was?« Marion erhob sich schwerfällig und schlurfte zur Tür. Auf dem Weg roch sie plötzlich ihren eigenen Schweiß und schüttelte sich. Sie sollte die Tür gar nicht aufmachen.

Gerda würde ihr vermutlich erzählen wollen, dass man Bernd bei Dölme gefunden hatte. Dann würde sie Marion einen Blick in die Zeitung werfen lassen, wo alles wieder ganz genau drinstand, alles, was Marion nie mehr lesen wollte.

»Die haben deinen Hajo«, sagte Gerda laut, als Marion endlich die Tür geöffnet hatte und beiseitegetreten war, um die Nachbarin hereinzulassen. Gerda klappte ihren pinkfarbenen Schirm zusammen und schüttelte ihn, sodass die Tropfen durch den Flur flogen. »Puh, das hört gar nicht mehr auf zu regnen. Die ganze Nacht hat es geschüttet.« Marion ging automatisch vor ihr her in die Küche.

»Die haben deinen Jungen verhaftet«, sagte Gerda wieder, als sie auf der Eckbank saß.

Marion hatte die Kaffeekanne von der Maschine gehoben, ausgespült und mit Wasser gefüllt. Jetzt stellte sie sie laut auf den Tisch und setzte sich auf einen Küchenstuhl. »Wer? Was ist passiert?«

»Die alte Türkin, du weißt schon, die Ayse, die sitzt doch immer da an der Dorfstraße, zu allen möglichen Zeiten, ne?«

Marion nickte mechanisch. Natürlich, die hatte schon immer da gesessen, egal, was für Wetter herrschte.

»Na und die hat heute früh genau gesehen, dass sie den Jungen mitgenommen haben. Ins Auto eingeladen und mitgenommen. Die Polizei! Hallo, hörst du mir zu, Marion?«

Marion starrte sie an und schien nichts zu begreifen. »Hajo mitgenommen?«, fragte sie. »Ja, wohin denn?«

»Nach Holzminden, du Schaf. Auf die Wache. Die wollen ihn bestimmt verhören.«

»Aber weshalb?«, sagte Marion jetzt verärgert. »Der weiß doch gar nichts, ich meine, der weiß doch nicht mal, dass sein Vater … und der hat doch auch gar nichts damit zu tun und außerdem war der zu Hause! Der ist doch gerade erst weggefahren, mit dem Mofa. Das kann gar nicht stimmen. Wer weiß, wen die Alte gesehen hat.«

»Glaubst du mir etwa nicht?« Gerda sah sie empört an, setzte sich in der Bank zurück und schwieg beleidigt.

Da Marion zum ersten Mal seit Jahren keine Anstalten machte, ihr einen heißen Kaffee anzubieten, stand sie schließlich auf und ging grußlos zur Tür.

Marion sah ihr durchs Fenster nach. Ein Wolkenbruch verwandelte den Hof in eine glitschige Fläche, auf der Gerda zu ihrem Haus rutschte. Als sie laut schimpfend ihren Schirm zusammengeklappt hatte und hinter ihrer Haustür verschwunden war, fuhr ein Auto auf Marions Hof. Der silberfarbene Passat bremste und diesmal stieg nur Kommissar Frankel aus. Hinter ihm hielt ein zweites Auto. Mehrere Männer kamen aufs Haus zu. Frankel nahm sich nicht die Zeit, hineinzukommen, sondern blieb in der Tür stehen und kam ohne Umschweife zur Sache.

»Das sind unsere Leute von der Spurensicherung. Sie werden Ihren Hof untersuchen. Ihr Sohn wurde mit einem Messer aufgegriffen. Wir müssen ihn befragen. Bitte kommen Sie mit.«

»Hajo?«, fragte Marion dumm. »Aber wo ist er denn?«

»Sie haben das Recht, bei der Befragung zugegen zu sein«, sagte Frankel und ging zum Auto.

## *24*

Als sie hinter dem Kommissar im Passat saß, presste Marion die Hände an die Schläfen. Ihre Gedanken überschlugen sich und sie hatte Schwierigkeiten, einen davon festzuhalten. Musste sie nicht dabei sein, wenn ihr Haus oder der Hof durchsucht wurden? Das würde sie Peter nachher fragen. Außerdem: Was wollten die da finden, nachdem es seit gestern wie verrückt geregnet hatte?

Und warum hatten sie sich den Jungen geschnappt? Was musste er gerade durchmachen? Nicht erst heute, sagte eine Stimme in ihr. Sein ganzes Leben schon.

Plötzlich wurde sie wütend. Alles hatte Bernd beschmutzt, alles kaputt gemacht. Vera auf der schiefen Bahn, jetzt auch noch Hajo. Sie hatte immer gedacht, der würde sich noch mal einkriegen, der Junge.

Bernd macht dich kaputt, dachte sie. Das hatte ihre Mutter früher immer gesagt, wenn sie Bernd und Marion besucht hatte. *Bernd macht dich kaputt.*

Du machst mich nicht mehr kaputt. Jetzt nicht mehr, dachte Marion. Bevor sie in den Passat gestiegen war, hatte sie den Pfarrer angerufen. Er würde auch nach Holzminden kommen, ihr zur Seite stehen, ihr helfen, wenn nötig, einen Anwalt zu beschaffen und alles Wichtige zu tun.

»Warum hast du dich nicht schon viel früher bei mir gemeldet?«, hatte Peter gesagt und sie beruhigt. Die Polizei konnte einen Minderjährigen nicht lange festhalten und bei der Befragung musste ein Anwalt zugegen sein.

Als sie in Holzminden ankamen, flammte ihre Wut erneut auf. Vor diesem Gebäude hatte sie nie wieder stehen wollen, das hatte sie sich geschworen. Und jetzt auch noch Hajo. Die Wut gab ihr die Kraft, sich aus dem Auto zu schieben und auf das Gebäude zuzugehen. Ihr Hajo hatte nichts getan. Er war unschuldig. Noch einmal konnte sie das alles nicht mitmachen. Aber das würde sie auch nicht.

Es roch nach Staub und Linoleum in dem alten Gebäude, wie damals in der Schule. Hajo zeigte seiner Mutter ein schiefes Grinsen, als sie das Vernehmungszimmer betrat, in dem er nun schon seit zwei Stunden warten musste. Er fläzte sich auf dem Stuhl, die Beine lang ausgestreckt, vor ihm stand eine Dose Cola.

»Ich hab nichts gemacht, Mutti«, sagte er, ungewohnt unterwürfig. »Man wird ja wohl noch auf der Dorfstraße skaten dürfen«, sagte er in einem rotzigen Ton zu der Kommissarin, die ihm gegenübersaß, und die schwieg dazu, als ob es sie gar nicht interessierte.

Marion setzte sich stumm auf den angebotenen Stuhl neben Hajo. Sie gab sich Mühe, ihn nicht zu berühren. Links von ihr, etwas abseits, saß eine Frau mit einem Laptop und gegenüber Frankel, der sie jetzt knapp über ihre Rechte und den Sachverhalt informierte.

»Aber mein Rechtsanwalt«, fing Marion an, Peter hatte ihr gesagt, dass der Seifert nicht mehr in Hameln war. In Berlin arbeitete er jetzt. Deshalb musste er einen neuen Anwalt finden. Der Pfarrer durfte nicht bei der Befragung dabei sein.

»Wir wollen nur mit Ihrem Jungen reden. Sind Sie damit einverstanden, dass wir mit der Befragung schon beginnen?«, fragte Frau Schall freundlich.

»Ich hab nichts gemacht«, ließ sich Hajo wieder vernehmen. »Was wollen Sie überhaupt von mir? Ich brauch keinen Anwalt. Raus will ich hier, das ist alles.«

Marion nickte in Richtung des Kommissars und warf Hajo einen warnenden Blick zu.

»Wir haben Ihren Sohn dabei beobachtet, wie er dieses Messer in die Weser werfen wollte. Als die Beamten ihn ansprachen, lief er mit seinen Skates durch das halbe Dorf, statt mit ihnen zu reden.« Frankel reichte ihr den Dolch über den Tisch, der in einer Plastiktüte steckte. »Wir haben Blut darauf gefunden.«

Marion sah das Messer kurz an, das keine sichtbaren Spuren zeigte, dann drehte sie den Kopf weg, zuckte die Achseln und legte die Hände auf die Oberschenkel. »Kenn ich nicht«, sagte sie, »du?« Sie drehte sich ein bisschen zur Seite, ohne dem Sohn in die Augen zu schauen. »Hast du den gehabt?«

»Ich war doch gar nicht an der Weser«, sagte er. »Ich war skaten, weiter nichts. Wie immer, da können Sie jeden in Untervörde fragen. Jeden! Plötzlich reißen die mich da von der Straße. Voll krass. Keine Checkung, was die von mir wollen.«

Der Kommissar sah ihn genervt an. »Warum hast du deinen Vater erstochen?«, fragte er plötzlich.

Hajo zuckte zusammen, wurde erst blass und dann rot.

Für einen Augenblick war im Vernehmungsraum kein Laut zu hören. Die Kommissarin starrte Hajo an, Frankel seine Mutter. Marion wich seinem Blick aus.

»Hab ich nicht!«, schrie Hajo in die Stille hinein. »Wie kann ich ihn erstechen, er ist doch seit Tagen weg, verschwunden. Ich hab nichts gemacht!« Bei den letzten Worten rutschte seine Stimme in höhere Oktaven, er sah wieder Hilfe suchend zu Marion. Die schaute auf den Tisch. Es war sehr still im Vernehmungsraum.

»Dein Vater ist gestern tot aufgefunden worden. An der Weser. Haben Sie ihm das nicht gesagt?«, wandte sich Frankel an Marion. Der Junge warf ihr noch einen hilflosen Blick zu.

»Ich hab geschlafen, als er heimkam«, sagte sie leise. »Mir ging es nicht gut, ich bin früh ins Bett gegangen. Heute Morgen wollte ich es ihm sagen.« Es klang fadenscheinig und jämmerlich, sie hörte es selbst.

Der Kommissar flüsterte kurz mit Frau Schall an seiner Seite. Die warf Hajo einen mitleidigen Blick zu und nickte.

Bestimmt sind die Kommissare der Meinung, der Junge und vielleicht auch sie selbst sollten mehr Gefühle zeigen bei dieser Nachricht, dachte Marion. Da können sie lange warten.

»Jetzt noch einmal«, sagte Frau Schall. »Das ist dein Messer. Wir werden es untersuchen und dann ist sowieso klar, von wem das Blut darauf stammt. Man hat dich heute Morgen auf der Brücke gesehen. Dafür gibt es Zeugen. Also: Was ist passiert?«

Hajo antwortete nicht. Sein Gesicht war blass und zeigte einen schockierten Ausdruck. Er hatte es wirklich noch nicht gewusst, dachte Marion. Ich konnte es ihm doch nicht sagen, verteidigte sie sich vor sich selbst. Weil er nicht nach Hause gekommen ist.

Der Junge sah auf seine Handoberseiten, als ob er schon längst vergessen hätte, was er gefragt worden war.

»Ich hab damit herumgespielt.« Er öffnete seine linke Hand und hielt der Kommissarin seine Handfläche hin. Quer darüber zog sich ein klaffender Streifen. Das Messer, mit dem er gezogen worden war, musste scharf sein.

Die Kommissarin nahm seine Hand auf und betrachtete die Wunde. »Muss versorgt werden«, sagte sie leise zu Frankel. Marion nahm ihr Hajos Hand weg und sah kurz auf die Wunde, dann zum Fenster. Sie biss die Zähne zusammen.

»Hast du das mit diesem Messer gemacht?«, fragte Frankel streng. Hajo nickte.

»Wieso hat das vorhin keiner gesehen?« Er warf der Kommissarin einen fragenden Blick zu.

»Deine Mitarbeiter haben es abgelehnt, den Jungen zu untersuchen«, sagte sie kühl. Dann sah sie Hajo ins Gesicht. »Warum um Gottes willen?«

Hajo zuckte die Achseln. »Ich spiel manchmal damit rum«, winkte er ab. »Dabei ist es mir halt ausgerutscht.«

»Du gibst also zu, dass du heute Morgen an der Brücke warst?«, fing Frankel wieder an.

»Aber ich hab nichts gemacht, wirklich.«

»Und was hattest du mit dem Messer vor?«, fragte die Kommissarin.

In diesem Moment öffnete sich die Tür, eine Polizistin trat herein und flüsterte Frankel etwas ins Ohr. Er vergaß sich einen Moment lang und fluchte leise vor sich hin.

»Pohlmeier wurde erdrosselt«, sagte er. »Zwischen zwölf und ein Uhr Freitagnacht.« Die Kommissarin verzog keine Miene. »Ansonsten hatte er jede Menge Kratzer, war aber nichts Letales dabei.«

Sein Blick fiel wieder auf Hajo. »Wo warst du in der Nacht von Freitag auf Samstag?«, fragte er.

»Erdrosselt? Was heißt das denn?« Marion starrte den Kommissar an, eine Erinnerung stieg in ihr auf, jemand war erdrosselt worden, das war schon lange her, damals hatte sie gedacht, das wäre dasselbe wie Erwürgen. Bis sie das mit dem T-Shirt gehört hatte. Wie einen Strick hatte er es benutzt.

Sie griff nach ihrer Handtasche, zog ein Taschentuch heraus und hielt es sich vor den Mund, als wollte sie verhindern, dass etwas herauskam, was nicht gut war. Der Kommissar achtete nicht auf ihre Reaktion. Er beugte sich über den Tisch zu Hajo hinüber: »Wo du warst, will ich wissen.«

»Zu Hause war er.« Marion hatte das Taschentuch sinken lassen und sprach laut und bestimmt. »In seinem Zimmer. Den ganzen Abend. Er hat Fernsehen geguckt, es war so laut, dass ich bei mir den Ton ständig lauter stellen musste.«

»Das war eine DVD«, sagte Hajo genervt. »Und danach ein Computerspiel. Counter Strike. Die hat einfach keine Ahnung«, sagte er leise zur Kommissarin.

Frankel warf Marion einen Blick zu. »Ich wollte eigentlich die Wahrheit wissen. Von Ihrem Sohn.«

Sie knipste ihre Handtasche auf und legte das Stofftaschentuch hinein. »Was ich sage, ist die Wahrheit. Ich weiß ja gar nicht mehr, wie der Krimi ausgegangen ist. Weil es so laut war.«

»Krieg ich jetzt mein Messer wieder?«, fragte Hajo, bevor er sich provozierend umständlich vom Stuhl erhob.

Niemand antwortete.

## *25*

Yvonne stand im Flur und zog ihre Jacke an. »Ach, da bist du ja endlich«, sagte sie. »Ich muss wieder in die Kanzlei. Aber ich wollte dir noch was erzählen.«

»Mhm?«, fragte Klara. Sie hatte nur bis vier Uhr geschlafen und um acht bereits ohne konkretes Ziel in der Bahn gesessen.

Stundenlang war sie kreuz und quer durch die Stadt gefahren und gelaufen, bis sie plötzlich vor einem Maybe-Plakat stehen geblieben war. Wie in Trance hatte sie auf das abgebildete Mädchen gestarrt und sich gefragt, wen oder was sie eigentlich suchte. Und mit welcher Absicht. *Maybe will never be her own boss,* hatte das Plakat behauptet.

»Pohlmeier ist verschwunden«, sagte Yvonne.

»Wie verschwunden?« Klara zog ihre Jacke aus und warf sie auf ihr Bett.

»Da war so ein Anruf. Von einem Jungen, der klang ziemlich konfus. Ich nehme an, das war der Sohn. Er sagte, sein Vater sei verschwunden, oder so.«

»Aha«, murmelte Klara auf dem Weg in die Küche. Sie schaute in den Kühlschrank und nahm sich eine Dose mit Krautsalat heraus.

»Hast du den Sohn eigentlich getroffen, als du da warst? Wie heißt der noch mal? Ich hab nur den Nachnamen Pohlmeier verstanden.«

»Der Pohlmeier ist weg?«, fragte Klara, nachdem sie den Salat auf einen Teller geleert hatte. »Seit wann denn?«

»Keine Ahnung«, sagte Yvonne. »Der Junge hat gestern oder vorgestern angerufen. Wir haben uns ja gar nicht mehr gesehen seitdem. Hast du etwa was mit dem Verschwinden des Alten zu tun?«

»Quatsch. Wie kommst du darauf?«, entfuhr es Klara.

Sie nahm den Teller und ging in ihr Zimmer hinüber.

Wenig später lief sie wieder in die Küche und machte sich einen Cappuccino. Sie stellte den Kaffeebecher ab, holte sich eine Gießkanne und goss Yvonnes Blumen auf der Küchenfensterbank. Sie hatte die Freundin ein bisschen schroff angefahren. Aber einen Moment lang hatte sie befürchtet, dass Hajo gequatscht hatte.

Endlich fuhr sie den Computer hoch und wenig später wusste sie, was sie wissen musste. Sie hatten den Pohlmeier tot gefunden. Die Todesursache war in dem Artikel nicht angeben. Die Polizei suchte einen Mörder, da man Grund hatte zu der Annahme, dass der Mann nicht von alleine in die Weser gegangen war. Klaras Gedanken wanderten zum Dorf und zur Tulpenstraße.

Angst hatte sie in ihrer Nacht im Gasthof nicht gehabt. Wenn Bernd Pohlmeier ihr etwas wollte, sollte er ruhig kommen. Sie hatte sich an dem Abend schon mal zur Wehr gesetzt. In ihr kochten so viel Wut und Hass, dass sie davon überzeugt war, dass sie selbst in einem ungleichen Kampf nur siegen konnte.

Der Junge hatte mit ihr reden wollen. Sein Hass auf den eigenen Vater war anscheinend noch größer als ihrer. Alles, was ihn daran erinnerte, wer diese Person war, die mit ihm in einem Haus lebte, und welche Rolle diese in seinem Leben spielte, brachte ihn in Rage. Und am schlimmsten war wohl das Verschwinden seiner Schwester. Und jetzt? Es würde nicht lange dauern, bis die Polizei ermittelt hätte, dass sie im Dorf gewesen war. Würde man sie in Berlin aufs Präsidium bestellen? Aber im Augenblick hatten sie sicher Hajo in der Mangel. Das war auch nicht gut.

Klara fuhr den Computer herunter und gleich wieder herauf. Wenig später kam eine Fahrkarte aus dem Drucker.

Sie ging in ihr Zimmer und zog ein paar Sachen aus dem Schrank, die sie in eine Tasche stopfte. Als sie zur Tür ging, kam Yvonne gerade die Treppe herauf.

»Ich bin noch mal für ein, zwei Tage weg«, sagte Klara.

»Wo fährst du denn hin? Hast du eigentlich schon mit dem Seifert gesprochen?«

»Erklär ich dir alles später, mein Zug fährt gleich.« Klara winkte und rannte die Treppe hinunter.

## *26*

Ayse Yildiz schlurfte durch die Tür in ihr Zimmer, um sich eine Strickjacke zu holen.

Das Wetter war umgeschlagen, der August war noch nicht einmal halb zu Ende und es wurde immer windiger an ihrem Plätzchen unter dem Vordach. Als sie zurückkam, wobei sie mühsam einen Fuß vor den anderen setzte, streifte ihr Blick die Bäume, wie zum ersten Mal seit Tagen. Die Blätter hatten angefangen zu trocknen, sie sahen müde aus, dabei dauerte es noch ein paar Wochen bis zum Herbst.

Ayse hasste den deutschen Winter, den sie hauptsächlich in ihrer Stube verbringen musste. Die Fenster im Erdgeschoss waren klein und ließen wenig Licht hinein und die Straße auf und ab gehen, wie in den Wintern früher, das konnte sie nicht mehr. Ächzend ließ sie sich auf der Bank nieder und betrachtete seufzend ihre Füße, die sich verformt hatten. Überbeine hatte der Arzt das genannt, die Knochen, die langsam seitlich gewachsen waren und die großen Zehen hochgeschoben hatten, und noch ein lateinisches Wort hatte er dazu gesagt, das sie aber nicht verstanden hatte. Sie wusste nur, dass diese dummen Füße sie jetzt nirgendwo mehr hintrugen. Nicht einmal mehr zur Abla nach Hause, nach Izmir, konnte sie fliegen.

Auf diese Weise verschwand alles, was man besaß, und alles, was man konnte. Ayse seufzte wieder. Aber dieses Jahr würde sie wenigstens das Kleine haben, im Dezember. Bis dahin würde sie die frühe Dunkelheit und die Kälte einfach nicht bemerken. Sie sah auf, als es auf der Straße zu dröhnen begann.

Noch mehr Autos als sonst jagten durch die Gegend.

Jetzt suchten sie nicht mehr den Bernd, sie suchten einen anderen Mörder, so hatte es Ugur beim Essen erzählt. Den Mörder von dem Bernd. In Wirklichkeit hatten sich viele hier mehr oder weniger offen gefreut über Bernds Tod und niemand wollte dessen Mörder zur Rechenschaft ziehen. Das jedenfalls hatte sie beim Bäcker gehört. Das war aber auch nicht richtig. Bernd war doch so ein netter Junge gewesen.

Sie würde nie vergessen, wie sehr sich der kleine, mollige Junge über Schokolade oder ihre Spezialität, frisch gebackenes Fladenbrot, gefreut hatte, wenn er aus dem Bus stieg und nach Hause trottete. Sie hatte ihn nie aus den Augen verloren. Noch als Jugendlicher besuchte er sie manchmal und übernahm kleine Aufgaben, mit dem Kemal zusammen Rasen mähen oder Holz hacken.

Sie war ja immer alleine gewesen mit Kemal und Ugur, seitdem ihr Kurt tot war. Wenn sie nach Hameln gefahren war, zur Schicht im Krankenhaus, hatte der Bernd auch manchmal mit Kemal gespielt.

Was dann später mit Bernd und Viola passiert war, konnte niemand so richtig verstehen. Wenn es überhaupt stimmte. Aber die Einheimischen, die glaubten das. Endlich hatten sie jemanden, über den sie stundenlang quatschen und den sie schlecht behandeln konnten. Ayse hatte Marion oft auf ihrem Weg zur Kirche gesehen. Sie war immer fetter und unansehnlicher geworden. Wie lange würde sie wohl noch hier vorbeikommen? Und sie ging oft zum Pfarrer, sagten die Leute.

Ein schweres Schicksal hatte die Marion. Die Geschichte blieb etwas, das sie nicht begreifen konnte und auch nicht begreifen wollte. So wie die Tat des türkischen jungen Mannes, der vor ein paar Jahren in Paderborn das Mädchen vergewaltigt und ermordet hatte. Wie hieß die Kleine noch mal – Kardelen, den Namen hatte es früher öfter in der Heimat gegeben. Von Kardelens Verschwinden und Ermordung hatte sie in der Zeitung gelesen. Man hatte das Kind am Möhnesee gefunden. Aber so was konnte es eigentlich nicht geben. Es war nicht vorstellbar. Auch dass der Bernd jetzt tot war.

Sie bückte sich und nahm die Handarbeit aus dem Korb. Ein rosafarbenes Jäckchen für das Kind. Die Schwiegertochter hatte ihr nicht verraten, was es war, Junge oder Mädchen, aber das war einerlei. Sie häkelte alle Sachen in beiden Farben, blau und rosa.

Als sie wieder hochsah, stoppte ein silbergrauer Passat vor dem Haus. Den Wagen kannte sie natürlich, er war schon mehr als einmal die Hauptstraße hochgefahren und in die

Tulpenstraße eingebogen. Ayse ließ die Handarbeit sinken und beugte sich ein bisschen vor. Ein Mann mit Glatzkopf in einer dunkelblauen Jacke und eine Frau mit glatten schwarzen Haaren und einer auffallenden Brille kamen langsam die Treppe hoch.

»Sind Sie Frau Yildiz?«, fragte der Kommissar und hielt ihr einen Ausweis hin. Ayse nickte. Die Kommissarin gab ihr die Hand und stellte den Kollegen und sich vor.

»Frankel und Schall«, wiederholte Ayse und nickte wieder.

»Sprechen Sie Deutsch?«

Ayse sah den Kommissar interessiert an. Nur weil sie türkische Wurzeln hatte und jetzt, als alte Frau, ein Kopftuch trug, musste er sie nicht für zurückgeblieben halten. »Ich bin seit vierzig Jahren hier. Habe als Altenpflegerin gearbeitet.«

Die Kollegin warf dem Kommissar mit hochgezogenen Brauen einen Blick zu, der ihn verstummen ließ.

»Sie sitzen oft hier und sehen eine Menge«, wandte sie sich freundlich an Ayse und dann musterte sie das Haus, den Vorgarten und die Straße. Ayse folgte ihrem Blick. Dies war ein altes Untervörder Haus. Sie hatte es ihr halbes Leben lang bewohnt. Zuerst mit dem Mann, den ihr Bruder in Deutschland für sie gesucht hatte. Sie war Kurt in dieses Dorf gefolgt und dann, als er auf dem Bau verunglückt war, hatte sie das Haus alleine mit ihren Jungen gehabt. Nie war Geld da, um den Kasten zu renovieren, aber bald würde Ugur damit anfangen.

Der Kommissar trat von einem Bein aufs andere und verschränkte die Hände im Rücken. Er sah seine Kollegin streng an, aber die achtete nicht auf ihn.

»Kannten Sie denn auch den Bernd Pohlmeier?«, fing er wieder an, und Ayse deutete auf zwei Klappstühle, die neben dem Blumenkasten mit Geranien an der Wand lehnten.

»Ja, der Bernd«, sagte sie langsam und nickte. »Natürlich, den kennen wir alle.«

Sie nahm sich vor, auf der Hut zu sein. Das musste man, wenn man alt war und es um wichtige Dinge ging.

»Sie kennen ihn sicher schon lange?« Die Kommissarin blieb stehen und beugte sich weiter herunter. Offenbar wartete sie darauf, dass ihr Kollege für sie beide die Stühle aufstellte. In der Türkei wäre auch das Frauensache gewesen, dachte Ayse.

Sie nickte bedächtig und nahm die Handarbeit vom Schoß. Aus dem Augenwinkel sah sie, dass der Kommissar endlich die Klappstühle aus der Ecke holte.

»Er war ein guter Junge, der Bernd«, sagte sie. »Nicht so wie sein Sohn. Der ist frech, der Hajo. Hübsch, aber frech.« Sie lächelte mit geschlossenen Lippen.

Die Kommissare schwiegen einen Moment lang verblüfft. Sie ließen sich jetzt Ayse gegenüber nieder und warteten.

»Der Bernd war etwas langsam, aber immer anhänglich, ja so kann man sagen. Anhänglich ist er gewesen. Das wissen die auch noch.« Ayse deutete vage auf die Nachbarhäuser und lachte ein bisschen in sich hinein.

»Der Bernd brauchte immer lange, bis er von der Schule zu Hause war, weil er überall stehen blieb und mit den Leuten redete. Und jetzt will ihn niemand mehr kennen.«

Die Kommissarin nickte und sah Ayse unverwandt an. Sie machte einen sehr bemühten Eindruck. Das ist kein Wunder, dachte Ayse. Die Leute hier reden nur mit der Obrigkeit, wenn sie es müssen. Und ansonsten reden sie viel, aber nichts, was andere wissen wollen.

»Ist Ihnen in den letzten Tagen, also seit dem Freitag, hier auf der Straße etwas aufgefallen?«, fragte Frankel ungeduldig.

Ayse häkelte ungerührt weiter. »Hier ist ja immer viel Betrieb«, sagte sie nach einer Weile. »Viele Autos. Und jetzt besonders. Ja und dann hab ich gesehen, wie Sie den Hajo mitgenommen haben. Das war gut, der macht jede Menge Ärger, verstehen Sie?« Sie schaute nicht hoch.

»Und sonst?«, fragte Frankel. »Haben Sie sonst noch etwas gesehen, das nicht so oft vorkommt?«

Jetzt warf die Kollegin ihm einen Blick zu und er verstummte kurz, während sie sich vorbeugte und versuchte, Blickkontakt zu Ayse herzustellen.

»Ist vielleicht jemand hier vorbeigegangen, den Sie nicht kannten? Jemand Fremdes? Oder einer, der sich komisch benommen hat? Hier kommen doch sicher viele Leute vorbei, vor allem viele Radfahrer.«

Jetzt sah Ayse auf. Brauchst gar nicht zu betulich mit mir zu reden, Frau Kommissarin, dachte sie. Ich hab noch alle beisammen, auch wenn ihr daran zweifelt.

»Ja«, sagte sie langsam, »viele Leute. Auch junge.«

»Geht das vielleicht etwas genauer?« Frankel hatte sich im Klappstuhl aufgesetzt, mit dem er die ganze Zeit gekippelt hatte. Sie sah an ihm vorbei und häkelte weiter.

Die Amseln zwitscherten und ein Auto fuhr die Straße entlang.

Die Kommissarin beugte sich vor und legte Ayse eine Hand auf den Arm.

Ayse hörte auf zu häkeln und zog ein bisschen am Faden. Das Knäuel bewegte sich im Korb. »Na, so am Freitag oder Samstag, da habe ich ein junges Mädchen gesehen. Weiße Haare, ganz dünn war die. Sie hatte ein Fahrrad. Und sie hat mir gewinkt! Das tun sie sonst nie.« Sie warf der Kommissarin einen Blick zu.

»Wann genau war das? Wie sah sie aus?« Jetzt hatte sie Frankels volle Aufmerksamkeit.

»Genau weiß ich es nicht mehr. Wahrscheinlich am Samstag. Da sitz ich immer lange hier. Ist ruhiger auf der Straße, jedenfalls abends.«

Die Kommissarin war auf ihrem Stuhl nach vorne gerutscht, sodass dieser fast vornüberkippte. Sie steuerte dagegen und hatte damit eine Weile zu tun. Ayse sah ihr zu und wandte sich dann an Frankel. Wahrscheinlich war er der Chef, auch wenn die Kommissarin ihr besser gefiel.

»Aber wissen Sie was?« Sie warf dem Kommissar einen gewinnenden Blick zu. »Ich glaub, die Dünne, also die, die ich gesehen habe, also, das war Azrael. Aber pschttt ...«, sie hielt sich den Finger über die geschlossenen Lippen, »darüber darf man nicht reden.«

»Azrael?«

Ayse nickte. »Der Todesengel.«

»Die blonde Frau war ein Todesengel?«, fragte Frau Schall, bevor ihr Kollege den Mund aufbekam. »Solche Engel bringen den Tod«, jetzt gab sie Frankel ein Zeichen. »Das stimmt doch, Frau Yildiz? Oder wofür sind sie da?«

Ayse schüttelte den Kopf und schwieg eine Weile.

»Wo ist sie denn hingegangen?«, fiel jetzt Frankel ein, der offenbar nichts verstand.

Ayse würdigte ihn keines Blickes, sondern wandte sich an die Kommissarin: »Man darf es nicht jedem erzählen«, raunte sie, »an viele ist das Wissen verschwendet. Eine geheime Geschichte. Geheimnis, sagt man.« Sie fing an, schneller zu häkeln, und hielt den Blick auf das rosafarbene Jäckchen gesenkt.

»Aber mir können Sie es sagen.« Frau Schall beugte sich vor, während sich der Kommissar am Hals kratzte und auf dem Stuhl herumwackelte.

»Ich glaube durchaus nicht nur das, was ich sehe, ich meine, es gibt viel mehr zwischen Himmel und Erde, als wir wissen, stimmt's?«

Vielleicht denkt sie das wirklich, dachte Ayse und schwieg eine Weile. Dann nickte sie. »Der barmherzige Seelenbegleiter«, sagte sie bedächtig. »Erzengel Azrael malik-al-maut ist der barmherzige Seelenbegleiter.«

»Ja?« Die Kommissarin blieb geduldig.

Ayse erzählte gern weiter. Sonst interessierten ihre Geschichten niemanden mehr. Die aus der Kindheit und die, die man in ihrem Dorf erzählt hatte. »Er trägt die Namen der Neugeborenen in ein Buch ein und streicht die Namen der Gestorbenen aus. Eine Lichtsäule errichtet er, die die Toten brauchen, um zum Himmel zu gelangen.«

»Also, wenn man ihn sieht, weiß man, dass der Tod nahe ist. Er kündigt den Tod eines Menschen an?«, fragte Frau Schall.

Ayse sah verwirrt hoch. »Viele Menschen fürchten ihn. Weil er alles weiß über den Tod. Und weil er in Verbindung steht.«

»In Verbindung mit dem Himmel?« Frau Schall lehnte sich ein bisschen zurück.

»Und wo ist der Engel hingegangen?« Frankels Stimme klang genervt.

Ayse sah ihn an und schwieg lange. Zu viele Geschichten waren in der Tiefe und drängten danach, erzählt zu werden. Aber es brauchte Menschen, die das alte Wissen verstehen wollten. Man musste den Mörder von Bernd finden, das verstand sie auch. Sie zwang sich dazu, die Frage des Kommissars zu verstehen. »Zur Tankstelle«, sagte sie. »Er war bei der Tankstelle. Und im Gasthof.« Sie deutete auf die andere Straßenseite. »Aber mehr weiß ich nicht, wissen Sie, man darf auch nicht.«

»Kannten Sie die junge Frau, die ihr Fahrrad durchs Dorf schob?« Frankel klang jetzt so, als verliere er endgültig die Geduld.

Hab ich dem nicht gerade alles erklärt?, dachte Ayse und sah auf die Straße. Der kann nicht mit dem Herzen hören und nicht mit den Ohren, dieser Kommissar. Ungehörig benimmt er sich. Sie schüttelte den Kopf, nahm ihre Handarbeit vom Schoß und fing wieder an zu häkeln. Für sie war das Gespräch zu Ende.

## 27

»Ein Todesengel, ich krieg allmählich zu viel.« Frankel schloss die Autotür mit einem Knall und strich sich müde über die Augen. »Man fasst es nicht, was die Leute für einen Mist glauben. Und sie entblöden sich nicht, dann auch noch darüber zu quatschen. Das muss man sich mal überlegen. Keiner weiß was, niemand hat Lust, auch nur den Mund aufzumachen, und die Alte, die alles sehen kann und sehr wahrscheinlich eine Menge mitbekommen hat, faselt was von einem Todesengel. Unglaublich!« Er gähnte und zog sein Handy aus der Tasche. »Wer hat uns noch mal gesagt, dass wir uns ausgerechnet die Yildiz vornehmen sollen? Und was soll ich den Kollegen jetzt sagen? Sucht nach einem blonden Todesengel, der am Wochenende durch dieses Dorf geradelt ist, oder was?«

»Das war der Junge, dieser Hajo. Er hat als Erstes gefragt, ob die alte Türkin ihn angeschwärzt hätte. Richtig hasserfüllt hat er geklungen.«

Frankel schüttelte den Kopf, drückte auf die Oberfläche des Handys und fing an zu lesen.

»Nun warte doch mal«, sagte Anne nachdenklich, drückte sanft seine Hand mit dem Telefon herunter und hielt sie einen Augenblick fest. »Überleg noch mal, was Frau Yildiz erzählt hat. Ein Todesengel ist die Verbindung zwischen unten und oben. Ich kenne die Geschichte des Azrael malik-al-maut so auch. Er trägt die Neugeborenen in das Buch des Lebens ein und streicht die Toten aus. Er hilft den Toten mit einer Lichtsäule, in den Himmel aufzusteigen. Kommt dir diese Geschichte nicht bekannt vor? Eine Tote und zugleich ein Neugeborenes. Am selben Tag, als Viola Göbel beerdigt wird, wird das Kind des Mörders geboren. Hast du mir selbst erzählt, in Hameln, im Bahnhof«, unterbrach sie sich, als sie seinen erstaunten Blick bemerkte, »der Hajo Pohlmeier. Und jetzt, nach so vielen Jahren, erscheint ein Todesengel, um den Tod des Mörders anzukündigen. Er trägt etwas ein und löscht etwas anderes aus. Diese junge Frau, könnte sie nicht doch was mit dem Tod von Pohlmeier zu tun haben? Und mit dem Tod von Viola Göbel und der Geburt von Hajo Pohlmeier?«

»Was soll das für ein Esoscheiß sein, diese Todesengelgeschichte?«, Ingmar kratzte sich am Hals. »Das ist doch lächerlich.« Er ließ den Motor an.

Worauf habe ich mich da eingelassen, dachte Anne. Hatte sie wirklich gedacht, sie könnte behilflich sein und irgendeine Art fruchtbarer Zusammenarbeit wäre plötzlich möglich? Sie öffnete die Autotür und stieg aus.

»He, wo willst du hin?« Ingmar drehte den Schlüssel im Zündschloss zurück. Anne hielt die Autotür offen und beugte sich hinunter.

»Hat wenig Sinn mit der Zusammenarbeit, oder?«

»Wieso?«, fragte er und sah sie irritiert an. »Tut mir leid. Ich muss mal wieder was essen. Also okay. Du siehst einen Sinn in der Geschichte? Gehen wir alles noch mal durch, ja?«

Anne sah ihn skeptisch an, nickte dann und setzte sich wieder ins Auto.

»Das Opfer von damals, Viola Göbel, hat keine Verwandten mehr im Dorf, alle sind weggezogen, die mal hier gelebt haben. Der Ehemann des Opfers damals lebt nicht mehr, die Eltern sind ebenfalls verstorben. Von der Familie Göbel gibt es hier niemanden mehr, der Fahrrad fährt, lange blonde Haare hat und durchs Dorf kurvt.«

»Habt ihr inzwischen überprüft, ob es da nicht doch Kinder gab?«

Ingmar sah Anne plötzlich alarmiert an. »Soviel ich weiß, nicht. Aber vielleicht… ich wollte da noch mal nachhaken.«

Anne nickte.

»Moment mal. Was, wenn der Pohlmeier schon wieder eine Schweinerei vorhatte und dabei hat es ihn diesmal selbst erwischt?«

»Du meinst, ein dünnes Mädchen, das den Radweg gefahren ist, wurde von ihm angegriffen und hat diesen Bullen erledigt?«

»Weiß man's?«, fragte ihr Kollege. »Die Chicks sind ja heute ganz schön wehrhaft: Kickboxen, Selbstverteidigung, was weiß ich.« Er fing ihren Blick auf. »Nein, natürlich glaube ich das nicht, wer weiß, in welchem Zustand der Typ nach fünfzehn Jahren Haft war. Und außerdem ist das nicht die einzige Möglichkeit. Sie könnte Helfer gehabt haben. Hier weiß doch jeder, wo der gewohnt hat. Wir müssen auf jeden Fall noch mal überprüfen, ob es irgendwelche Widerstände gegen Pohlmeiers Rückkehr ins Dorf gegeben hat. Und wir müssen einen finden, der den blonden Todesengel noch gesehen hat.«

»Und falls Viola eine Tochter hatte, müssen wir sie aufstöbern.« Anne sah ihn an. »Zum Gasthof und zur Tankstelle ist die Blonde gegangen.«

»Aber bei der Tankstelle waren die Kollegen schon. Die haben doch hier alles abgeklappert. Und der Gasthof ist geschlossen. Der sieht auch gar nicht so aus, als wäre er jemals geöffnet gewesen, so alt und schäbig, wie der ist. Wieso hat der eigentlich zu?« Wieder kratzte sich Frankel am Hals.

»Hast du da einen Mückenstich?«, fragte Anne und Frankel ließ die Hand sinken. »Die Gastwirtschaft hat Urlaub, hat der Kollege gesagt, der dort war. Es stand noch nicht mal dran, wann sie wieder öffnet. Also, nehmen wir uns die Tanke jetzt vor, oder nicht?«

»Morgen«, beschloss Frankel und ließ den Wagen an. »Für heute machen wir Schluss. Jetzt lade ich dich nämlich zu meinem Lieblingsitaliener in Holzminden ein. Dort gibt es jede Menge Fischgerichte.«

Anne lachte. »Und vermutlich nicht eine einzige Pizza, stimmt's?«

# Freitag, 10. August 2012

## *28*

Uli massierte die schmerzende Stelle am Kopf und knallte den Zapfhahn in die Halterung. Er warf jetzt schon alle zwei Stunden zwei Aspirin ein, ohne dass die halfen. Wie lange musste er diese Kopfschmerzen noch ertragen? Seltsamerweise war er nicht mal sauer auf die Kleine, die ihm eins übergebraten hatte.

Nicht mehr jedenfalls, seitdem Meike ihm bestätigt hatte, wer sie war. Natürlich hatte er das vorher schon geahnt. Eine jüngere Ausgabe von Viola. Und völlig unwissend. Am liebsten hätte er ihr genau erzählt, was damals passiert war. Aber als er die paar Bier und Schnaps ausgeschwitzt hatte, war sie schon wieder verschwunden.

Kein Wunder! Wer so zuschlägt! Uli richtete sich auf, rieb sich wieder den Kopf und fasste in die Hosentasche, doch er griff ins Leere. Der Flachmann musste in der Jackentasche sein. Und die hing in der Werkstatt.

Dirk, der heute das Cabrio seiner Frau betankt hatte, rief ihm etwas zu und reichte ihm wieder einen Zweihunderter durch das Fenster. Dass der nie passend bezahlen konnte, ging Uli allmählich total auf die Eier. Wahrscheinlich brauchte der das, ständig mit diesen großen Scheinen herumzuwedeln.

Als er von der Kasse zurückkam, sah er den Mann und die Frau die Straße überqueren und direkt auf ihn zukommen. Polizei, eindeutig. So hatten die Kunden die beiden Kriminaler beschrieben, der Mann etwas gebeugt und glatzköpfig, die Frau so hässlich.

Verdammt, verdammt, verdammt. Jetzt kamen schon

wieder welche von denen. Er musste sich unbedingt konzentrieren. Wieder rieb er sich den Kopf.

Während Dirk umständlich losfuhr und den Wagen langsam auf die Straße bewegte, drehte sich Uli um und ging schnell auf seine Werkstatt zu. Dort fasste er in die Tasche seiner Arbeitsjacke, zog das Fläschchen heraus und nahm einen kräftigen Schluck. Sein Blick fiel auf den Volvo, den er vorhin hochgebockt hatte. Er steckte die Flasche wieder ein, legte sich auf sein Brett und rollte sich unter den Wagen.

Wenig später hörte er draußen Stimmen nach ihm fragen. Sollten sie sich doch mit Meike unterhalten. Aber was würde die denen sagen? Ach Quatsch, Meike war gar nicht da. Im Shop stand nur Margret, die manchmal aushalf, wenn Meike was anderes zu tun hatte. Was die wohl wieder labern würde? Sie würde bestimmt jede Menge Dorfklatsch ablassen. Und wenn man ihr richtig zusetzte, erzählte sie alles, was sie wusste, auch alles, was kein Mensch wissen wollte.

Er seufzte, fuhr unter dem Wagen heraus und wischte sich die Hände an der Hose ab. Noch einen Schluck nahm er, dann suchte er in der Hosentasche nach einem Kaugummi. Wenig später öffnete er die Tür und ging auf die Beamten zu. Sie standen da und redeten mit Margret, die ein unglückliches Gesicht machte. »Mach du mal weiter«, sagte er zu ihr, »die Leute wollen bestimmt zu mir.« Er nickte ihr zu und sie verschwand wieder an die Kasse im Laden.

»Wir hätten ein paar Fragen an Sie«, sagte der Beamte, nachdem er seine Kollegin und sich vorgestellt hatte. Die sahen nicht nur so aus, sie redeten auch wie diese Kommissare in den Fernsehkrimis. Traten die nicht auch immer als Pärchen auf?

»Ich hab bloß keine Zeit«, sagte er und wies sie in den Tankstellenladen. »Muss die Karren noch vor dem Wochenende fertig haben. Werden heute Abend noch abgeholt.«

»Geht schnell«, sagte die Frau freundlich.

»Am Wochenende hatten Sie mit einer jungen, blonden Frau zu tun, die hier bei Ihnen an der Tankstelle war«, fing Frankel an und Uli lachte laut. Er zog einen Kaffee aus der Maschine und reichte ihn der Frau. Sie schüttelte den Kopf. Auch der Kommissar lehnte ab. Also nahm Uli selbst einen Schluck.

»Am Wochenende hatte ich mit fünfundzwanzig Frauen zu tun, die hier getankt oder was gekauft haben. Mindestens. Blonde waren auch darunter, das gebe ich zu«, sagte er. »Ist nämlich die einzige Tanke weit und breit. Und eine, die nicht alle zwei Stunden die Preise heraufsetzt, sondern immer so langsam, wie es gerade noch geht, wenn Sie verstehen, was ich meine.«

Der Kommissar sah ihn gereizt an. »Hier muss eine junge Frau mit einem Fahrrad vorbeigekommen sein, die was eingekauft hat oder dergleichen. Sie war dann auch noch im Gasthaus.« Er deutete die Dorfstraße hinunter. »Sagen Sie jetzt nicht, dass Sie sich nicht an sie erinnern.«

Uli zuckte die Achseln. »Ich bin meistens in meiner Werkstatt«, sagte er, jetzt bemüht freundlich. »Die Kunden tanken selbst und meine Frau kassiert. Im Laden kann man auch Sachen kaufen, aber nicht bei mir. Also vielleicht hat meine Frau jemanden gesehen, ich weiß es nicht. Also, wenn einer, dann eher sie.«

»Sie wohnen oben?«, fragte Frau Schall. Uli nickte.

»Können wir mit Ihrer Frau sprechen?«

»Meine Frau ist zum Einkaufen, tut mir leid.«

»Sie soll sich bei uns melden, wenn sie zurück ist«, sagte der Kommissar kurz. Er reichte Uli eine Visitenkarte und beschrieb ihm, wohin Meike kommen sollte.

»Ins Kommissariat nach Holzminden?« Uli starrte dumm auf das Kärtchen.

»Moment mal«, sagte er plötzlich eilig, »wenn Sie noch ein paar Minuten warten, meine Frau müsste eigentlich jeden

Augenblick zurück sein.« Er zog sein Handy aus der Hosentasche und tippte auf dem Display herum.

»Sie kommt«, sagte er nach einem kurzen Wortwechsel. »Ist sowieso schon auf dem Rückweg. Sie war im Supermarkt im Nachbarort, wissen Sie.«

Kurze Zeit später hörte er Meikes A-Klasse auf ihrem Stellplatz an der Seite des Shops einparken und ging schnell hinaus. Aus dem Augenwinkel sah er, dass die Beamten ihm folgten. Als Meike die Wagentür öffnete und ausstieg, warf er ihr einen warnenden Blick zu und hoffte, dass sie ihn so schnell verstand wie gewöhnlich.

»Ist dir ein blondes Mädchen aufgefallen am Wochenende?«, fragte er sie, als die Beamten zu ihnen traten. »Sie soll hier gewesen sein und was gekauft haben.«

»Das kann schon sein«, sagte Meike, während sie ihre Jacke von der Rückbank nahm und langsam anzog. »So eine etwas klapprige? Pferdeschwanz, Sportklamotten?« Sie sprach bedächtig und sah dabei Uli an.

»Ja, da war eine, sie hat eine Cola gekauft und eine Fahrradkarte oder so was.« Sie streckte den Beamten ihre Hand hin.

»Das sind Frau Schall und Herr Frankel. Aus Holzminden. Also, von der Polizei, ähh Kripo«, beeilte sich Uli.

»Wann war die junge Frau denn da?«, fragte Frankel.

Sie überlegte, während Uli nervös von einem Fuß auf den anderen wechselte. Sag jetzt bloß nicht Falsches, dachte er. Überleg genau, was du sagst.

»Ich meine sogar, die war zwei Mal da. Einmal am Freitag. Mittags oder so. Am Samstagmorgen kam sie dann noch mal und hat was gekauft. Ja. Das muss der Samstag gewesen sein. Da war der Shop hier nämlich so voll, dass sie gar nicht hereinkam. Samstag kaufen sie hier alle die Brötchen, weil der Bäcker zu hat. Kann man nicht verstehen, aber ist so.« Sie lächelte entschuldigend. »Solche Weserradler gibt es ja hier oft, wissen Sie«, wandte sie sich an den Kommissar. »Obwohl der Radweg auf der anderen Weserseite ist. Im Sommer kommen fast täglich welche rein. Vorher gibt es weit und breit nur Fähren, keine Brücke. Wenn sie dann die Brücke sehen, denken sie, man könnte hier irgendwo was kaufen oder sogar essen gehen, aber der Gasthof hat meistens zu. Unser Kaffeeautomat hat sich schon bezahlt gemacht.« Sie lächelte.

»Du musst sie doch auch gesehen haben, Uli«, wandte sie sich jetzt an ihn, »die Blonde! Hast du nicht mit der geredet? So eine mit einem Fahrrad! Am Freitag bestimmt, oder? Da hast du doch bedient!«

Uli zuckte die Schultern. »Bin ein bisschen überarbeitet«, meinte er zu den Beamten. »Ich krieg nicht immer mit, wer wann wo ist und was er anhat und so.« Es klang nicht glaubhaft, das fand er selbst.

»Kannten Sie die Frau?«, fragte Anne Schall.

»Nö«, sagte Meike, »kannte ich nicht. Wieso? Ist das wichtig? Ist ihr was zugestoßen?«

Frankel warf ihr einen Blick zu und wandte sich an Uli. »Wie lange arbeiten Sie hier schon?«

»Schon immer. Bin nebenan groß geworden.«

»Dann wissen Sie ja auch über den Mord an Viola Göbel Bescheid. Und kennen Bernd Pohlmeier, stimmt's?«

Uli nickte und schaute Meike wieder an. »Was hat das Mädchen damit zu tun?«

»Das wollten wir gerne von Ihnen wissen«, sagte Anne Schall schnell. »Kannten Sie sie wirklich nicht? Hat sie Sie an irgendjemanden erinnert?«

»Nicht, dass ich wüsste«, sagte Meike. »Ich muss jetzt die Lebensmittel ins Haus bringen. Sind ein paar gefrorene Sachen dabei.«

Eilfertig öffnete Uli die Klappe des Kofferraumes und half seiner Frau beim Ausladen. Hin und wieder warf er den

Beamten einen Blick zu, die am Rande der Tanksäulen standen und sich berieten. Sie schienen nicht zu bemerken, wie die Kunden um sie herumkurven mussten, um an die Zapfsäulen und in die Waschanlage zu gelangen. Zwischendurch schauten sie die Straße hinunter zum Gasthaus. Schließlich drehten sie sich um, grüßten herüber, überquerten die Straße und stiegen wieder in ihr Auto.

Uli knallte den Kofferraum zu und brachte einen Karton mit Milch nach oben, wo Meike die gefrorenen Lebensmittel in der Kühltruhe verstaute. Er sah sie eine Weile von der Seite an. »Du hast gar nichts gesagt«, meinte er dann. »Das war doch die mit dem kaputten Fahrrad. Die ich in den Gasthof geschickt habe.« Unwillkürlich rieb er sich den Kopf, ließ die Hand aber schnell wieder sinken.

»Sollte ich?«, fragte Meike. »Wär dir das lieber gewesen?« Sie warf ihm einen Blick zu. »Du hast auch nichts gesagt. Tut dein Kopf noch weh? Du hättest sie anzeigen können.«

»Ach was«, murmelte er, »ich red doch nicht mit den Bullen über ein Mädchen, das hier mit dem Rad herumfährt. Violas Familie hat genug durchgemacht, wenn die dem Bernd was getan hat, kann man nur gratulieren.«

Meike sah ihn wieder so an. »Es hat alles seinen Preis«, sagte sie plötzlich und ihre Stimme klang anders als sonst. »Geschenkt gibt es nichts, auch nicht mehr von mir.« Sie nahm die leere Tasche und verließ die Küche.

Verdammt noch mal! Was meinte sie damit? Uli ließ sich erschöpft auf einen Stuhl fallen.

## *29*

»Viola Göbel hatte eine Tochter«, sagte Frankel, als er wieder am Steuer des Passats saß und seine Mailbox abgehört hatte.

»Klara Göbel, 1990 geboren, jetzt also zweiundzwanzig Jahre alt.«

»Und wieso konnte man das nicht in der Akte lesen?«, fragte Anne. Er antwortete nicht. Alles klar. Sie kannte die Art, wie manche Kollegen Akten überflogen. Wie Analphabeten, hatte sie früher immer gedacht. Länger als fünf Minuten durfte das nicht dauern, dann standen sie schon wieder auf und liefen oder fuhren herum, um auf ihre geschickte Art Leute zu befragen. Ärgerlich war das, besonders wenn es der eigene Vorgesetzte war, dessen Fehler man ständig ausbügelte. Wie konnte man vergessen, dass ein Opfer so ein kleines Kind hatte? Das konnte nur einem Mann passieren.

Sie deutete auf Ingmars Tasche. »Du hast die Akte doch dabei, oder?«

»Also ganz ehrlich, ich hatte das gelesen, aber nicht mehr auf dem Schirm«, gab Ingmar zu. »Damals war die noch so klein, dann hat man nie wieder was von ihr gehört, nicht mal bei der Beerdigung war sie. Dummer Fehler von uns.«

So hab ich mir das vorgestellt, dachte Anne.

»Sie wohnt nicht in der Gegend, keiner kennt sie und in den Protokollen war überhaupt nicht die Rede von ihr, außerdem …«

»Außerdem was?«

Ingmar antwortete nicht.

»Und wo lebt diese Klara jetzt?«

»Da sind sie noch dran. Sie müssen eine ganze Reihe von Göbels durchgehen.« Er steckte den Schlüssel ins Zündschloss. »Also, in Erscheinung getreten ist diese Frau noch nicht.«

»Warte doch mal«, sagte Anne. Sie zog ihr Smartphone heraus und gab den Namen Klara Göbel ein.

»Glaubst du, du bist schneller als die Kollegen?«, fragte Frankel spöttisch.

Das auf jeden Fall, dachte Anne. »Stör mich nicht.« Sie klickte sich durch die Einträge und schließlich durch alle Fotos, die unter Klara Göbel erschienen waren. Eine Rechtsanwältin, mehrere Schulmädchen bei Facebook, eine Schauspielerin in Berlin, ein Bild einer Gedenksäule auf einem Friedhof, auf der unter anderen auch der Name Klara Göbel stand. Ihr Blick fiel wieder auf die Fotos.

Die meisten Klara Göbels waren blond, einige sogar jung und blond.

»Sag dem Kollegen mal, er soll das Bild der Viola Göbel mit den Fotos von Klara Göbel bei Google vergleichen«, sagte Anne zu Frankel. »Die Tochter sieht Viola Göbel vielleicht sehr ähnlich, oder so. Mir geht die Geschichte mit dem Todesengel nicht aus dem Kopf. Die Yildiz kannte doch die Viola Göbel gut, vermutlich hat sie deshalb sofort an den Tod gedacht, als sie Klara gesehen hat.« Sie steckte ihr Handy wieder in die Handtasche.

Frankel warf ihr einen skeptischen Blick zu, rief dann aber im Präsidium an. »Wir müssen noch auf einen Campingplatz. Vor dem Mittag«, sagte er genervt, als er den Aus-Knopf gedrückt hatte. Er startete und fuhr zügig los.

»Was für ein Campingplatz?«

»In Bodenwerder an der Weser. Sind ein paar Kilometer. Der Inhaber hat eine Frau angezeigt, die ein paar Wochen dort gewohnt hat. Sie habe genau so ausgesehen, wie der Pohlmeier in der Zeitung.«

»Wie wer? Bernd Pohlmeier? Eine Frau, die so aussah wie der?«

Frankel nickte. »Und außerdem hat sie sich verdächtig benommen.«

»Oho!« Anne lachte.

»Bei den Pohlmeiers wurde übrigens nichts gefunden. Keine Blutspuren oder Ähnliches.«

»Und von wem stammt das Blut auf Hajos Messer?«, fragte Anne.

Frankel zuckte die Achseln. »Haben wir zurückgestellt. Der Junge hatte ja ein Alibi.«

Anne sah ihn an. »Von seiner Mama.«

»Ja, aber er hatte auch kein Motiv, seinen Vater zu töten. Oder siehst du eins? Hier ist es«, sagte Frankel.

*Camping Himmelreich – Bodenwerder.*

Unter dem Schild am Eingang hing ein kleineres, das auf die Gaststätte am Anmeldegebäude hinwies: *Pott Kaffee und Topfkuchen: 2.50 Euro. Bitte an der Anmeldung bestellen.*

Anne blieb einen Augenblick lang vor dem Auto stehen und ließ ihre Blicke über den terrassenförmig am Weserufer angelegten Platz streichen. So ein schöner Ort zum Entspannen. Dann drehte sie sich um und betrat die Gastwirtschaft.

Frankel saß bereits am Tisch mit einem untersetzten, glatzköpfigen Mann mit schweißnassem Gesicht und nervösem Lächeln. »Udo Schmidt«, sagte er und hielt Anne die feuchte Hand hin. Sie nahm auf dem dritten Stuhl am Tisch Platz und wischte verstohlen ihre Hand an der Hose ab.

»Sie hat mich angegriffen«, sagte Schmidt gerade keuchend und wischte sich mit dem Handrücken den Schweiß vom Gesicht.

»Wer?«, fragte Anne und sah ihn scharf an. Sie hatte Hunger und der Typ hier roch nicht gut. Ihr Blick streifte die eichenfarbenen Bauernmöbel mit den rot gestreiften Kissen und die Drucke in Goldrahmen an den Wänden. In einer offenen Vitrine lagen graue Buletten auf einer Platte. Neben der Theke stand eine Doppeltür offen – sie führte offenbar zum Kabuff, das dem Besitzer als Rezeption des Campingplatzes diente. Man konnte seinen Schreibtisch sehen.

»Die Riesin. Sie hat mich angegriffen, als ich nicht wollte, dass sie wegfährt. Ohne zu bezahlen! Sie wollte einfach abhauen. Aber nicht mit mir. Mit mir nicht, verstehen Sie?«

Bestimmt nicht, dachte Anne, wer will schon mit dir weg?

»Jetzt mal der Reihe nach«, sagte Frankel. »Wie hieß die

Frau, wie lange war sie auf dem Platz, wann ist sie weggefahren?«

Der Platzwart ließ sich von Frankels Fragen nicht beirren. »So eine lasse ich doch normalerweise gar nicht hier rein. Haben Sie das Schild nicht gesehen?« Er deutete nach draußen auf eines der vielen Hinweisschilder, mit denen die Einfahrt bestückt war. *Keine Obdachlosen* stand da, schwarz auf weiß.

»Eine Frau alleine mit dem Wohnmobil! Die macht doch keinen Urlaub hier, stimmt's? Hab ich mir sofort gedacht. Hinterher ist man immer schlauer. Man weiß ja, was die auf den Parkplätzen machen in ihren Wohnmobilen. Und nebendran sitzen die Zuhälter in den Autos. Ist bekannt, ja. Das will ich hier nicht, auf meinem Platz. Dies ist ein anständiger Ort. Mit drei Hunden kam sie hier an. Australian Cattledogs. Hat sie jeden Tag am Weserufer spazieren geführt. Waren ganz schön wild, die drei.«

Jetzt kam Udo Schmidt richtig in Fahrt. Anne gähnte. Ihr Blutzucker war immerhin noch nicht so weit im Keller, dass sie um eine der angestaubten Buletten bitten würde. Aber lange würde es wohl nicht mehr dauern. Auch Frankies Stimme wurde immer ungeduldiger.

»Also erst wollten Sie die Frau nicht hereinlassen, aber dann wohnte sie doch hier mit ihren drei Hunden. Richtig? Wie lange blieb sie?«

»Ja, richtig. Erst wollte ich sie gar nicht hereinlassen, wie gesagt. Und dann ist mir das Auto aufgefallen, mit dem sie unterwegs war. An den Autos könnt ihr sie erkennen, sag ich immer. Haha. Ihre Karre war ein Traum, sag ich Ihnen. Ein zwanzig Jahre altes Dethleffs-Mobil. Noch gut in Schuss! Ein 462er war das, ohne alles: Fensterheber, Fernbedienung. Der ganze Kram ist sowieso überflüssig. Nur technisch muss so eine alte Kiste einwandfrei sein. Und das war sie. Sie …«

»Und Sie kannten die Frau, die dieses Mobil fuhr. Wie hieß sie?«

»Ja, kennen nicht gerade, also, wie soll ich sagen, sie sah so aus wie der in der Zeitung. Ganz ähnlich. So groß und die roten Haare und alles. Aber das hab ich natürlich erst viel später bemerkt, also, als sie schon …« Udo Schmidt deutete auf die Lokalzeitung, die auf dem Tisch lag. »Am Anfang hab ich mir wirklich nichts dabei gedacht, als sie hier ankam. Außerdem hatte ihr Mobil ein Holzmindener Kennzeichen. Und sie hat erzählt, dass sie hier aufgewachsen ist in der Gegend. Dann kam das mit der Zeitung. Da hab ich mir gedacht, weil der doch gesucht wird. Und als ich sie darauf angesprochen habe, ist sie mit dem Auto weggefahren und fast über mich drüber, also, um ein Haar hätte sie mich umgefahren …«

»Was hat die Frau hier eigentlich gemacht?«, warf Anne ein. »Urlaub?«

»Keine Ahnung. Ich glaub Verwandtenbesuche, oder so. Ein oder zwei Mal ist sie am Nachmittag weg gewesen und hat das Mobil dagelassen. Und die Hunde. Die ist zu Fuß weggegangen und mit einem Taxi wiedergekommen. Man weiß ja nicht, ob die nachher die armen Tiere hier aussetzt und gar nicht wiederkommt. Aber so ein Mobil lässt man natürlich nicht im Stich.«

»Bitte zeigen Sie uns noch das Anmeldeformular der Frau«, sagte Frankel, »damit wir ihre Personalien aufnehmen können.«

Udo Schmidt erhob sich umständlich und ging zu seinem Schreibtisch. Hätte er die Unterlagen nicht schon früher heraussuchen können?, dachte Anne. Kurze Zeit später kam er mit leeren Händen zurück. »Ist nicht mehr da«, sagte er. »Ich hatte vorhin schon mal geguckt, aber die Anmeldung ist weg. Vielleicht hat sie sie herausgenommen. Bestimmt war es so. Wissen Sie, man kann ja nicht immer hier sitzen und aufpassen, dass nichts entwendet wird. Und manchmal saß die Frau auch vor dem Haus draußen und hat Kaffee oder so was getrunken, wenn ich mich um was anderes kümmern musste.«

Frankel sah ihn ärgerlich an. »Sie sind dazu verpflichtet, Buch zu führen über Ihre Gäste und Sie müssen sich auch die Ausweise zeigen lassen.«

»Tu ich ja, tu ich ja«, jammerte Udo Schmidt und die Kommissare erhoben sich.

»Krieg ich jetzt die Belohnung?«, fragte er.

»Belohnung?« Frankel reichte dem Mann die Hand und schüttelte dessen Hand kräftig. »Vielen Dank, dass Sie uns Bescheid gesagt haben.«

Erleichtert ließ sich Anne auf den Beifahrersitz des Passats sinken. »Eine Spur?«, fragte sie.

»Eher eine verworrene Geschichte um eine Frau, die dem Pohlmeier ähnlich sieht. Nehmen wir mal an, das war die Vera Pohlmeier, die da auf dem Platz gelebt hat. Nur komisch ist ihr plötzlicher Abgang. Sie wollte also nicht erkannt werden. Oder was war das?«

»Vor allem: Wo ist sie jetzt?«, fragte Anne.

## 30

Hajo hatte sich seit Stunden nicht zu Hause gezeigt, als Marion in ihrem Malkittel auf den Hof trat und durch Blätter und Dreck langsam auf die Scheune zulief. Sie schüttelte den Kopf. Der Junge hatte nur unmittelbar vor dem Haus gefegt, der Rest des Hofes war schmutzig, wie immer.

Plötzlich blieb sie stehen und schaute auf. Was war das? Ein dumpfes Knallen, ganz in der Nähe. Jetzt war es wieder still, nur das gedämpfte Rauschen der Autos auf der Bundesstraße und das heftige Zwitschern der Vögel waren zu hören. Das Geräusch hatte Marion an etwas erinnert. Eine Tür war ins Schloss gefallen. Aber nicht irgendeine Tür. Langsam und vorsichtig lief sie an der Scheune vorbei, über den Rasen, bis zur Wacholderhecke am Ende des Grundstückes.

Dann wusste sie es. Ein paar Mal waren sie mit dem alten Wohnmobil in den Urlaub gefahren, das Bernds Eltern gehörte. Natürlich, das Mobil war zu klein gewesen für Bernd und sie und die beiden Kinder und deshalb hatten sie es nur zwei-, dreimal ausgeliehen. Später hatten die Schwiegereltern es kaum noch benutzt, es blieb angemeldet, stand aber immer nur irgendwo bei ihnen herum. Sie hatte es schon lange nicht mehr gesehen.

Marion versuchte, sich auf das Oldiemobil, das am Zaun stand, zu konzentrieren: Gelblich und alt, aber unternehmungslustig sah es aus, es erinnerte an die lange Fahrt auf Autobahnen zu Campingplätzen am Meer, unter Pinien. Damals wusste sie nicht, dass diese Fahrten einmal zu den schönsten Erlebnissen gehören würden, die sie als Familie hatten.

Es dauerte eine Weile, bis sie sich erlaubte, aufzusehen und die Person wahrzunehmen, die aus dem Wagen gestiegen war. Groß und breitschultrig, etwas o-beinig, Stoppelhaare. Bernd, dachte Marion. Da ist er wieder. So hatte Bernd allerdings nicht mehr ausgesehen, bevor er verschwand.

Aber es war nicht Bernd. Marions Beine gaben nach und sie saß plötzlich auf dem Boden.

Wie kann das, wie kann sie so aussehen, mein kleines, hübsches Mädchen?

Als Vera geboren war, hatte Marion geschworen, dass sie anders sein sollte als sie selbst. Ein anderes Mädchen, eine ganz andere Frau, mit echten Chancen im Leben. Sie zog ihr immer schöne Sachen an, ihre Haare waren lockig und hüftlang. Sie bekam zu essen, was sie wollte, und gekauft, was sie sich wünschte.

Vor das Bild der niedlichen, anhänglichen Kleinen schob sich der Punk, der Vera in den letzten Jahren zu Hause geworden war, ein erschreckendes, schwarz-blondes Geschöpf mit böse umrandeten Augen. Das Wesen trug schwarze, lange Handschuhe zu jeder Jahreszeit und hatte tätowierte Oberarme und Ohrringe überall, auch in der Lippe. Sie war schon lange nicht mehr ihr kleines Mädchen gewesen.

Jetzt ging die Tochter zurück zum Auto, öffnete die Seitentür und ließ drei unruhige Hunde heraus, die sie mit langen Leinen an einen Baum band.

Dann setzte sich Vera neben ihre Mutter auf den Grasboden und legte den Strauß Sonnenköpfchen und Sommerflieder, den sie in der Hand gehalten hatte, zur Seite.

Beide schwiegen.

»Du kannst hier nicht bleiben«, stammelte Marion, während ihr die Tränen über das Gesicht liefen, »er ist tot.«

»Ich weiß«, sagte Vera. »Deshalb bin ich hier.«

Marion ließ sich auf den Rücken fallen.

## Samstag, 11. August 2012

### *31*

Verdammt noch mal, wer klingelte schon wieder in aller Herrgottsfrühe an der Haustür und weckte sie? Gerda war schon seit Tagen nicht mehr hier gewesen, wahrscheinlich war sie es. Oder Vera. Vera war zurück! Einen kurzen Moment lang spürte sie wieder die Freude, die sich in ihr ausgebreitet hatte, als Vera neben ihr auf der Wiese saß und sie beide lange Zeit nicht wieder aufstanden.

Heute früh wollte die Tochter Hundefutter besorgen oder so was. Die Großeltern besuchen und ein bisschen herumfahren. Jedenfalls würde es eine Weile dauern, bis sie wiederkäme.

Aber sie kommt wieder und bleibt. Das hat sie versprochen. Etwas in Marion hatte sich entspannt. Wie eine Saite, die seit Langem kurz vor dem Reißen gewesen war.

»Wie war das denn da in Berlin, auf der Straße?«, hatte Marion Vera gefragt, als sie spät am Abend noch den Tisch für sie beide gedeckt und alles daraufgestellt hatte, was sie im Keller und im Kühlschrank finden konnte. »Ich meine, wie konntest du das bloß aushalten?«

Vera sprach nicht viel. Das war Marion gestern schon aufgefallen. Sie hatte ihre Mutter angesehen. »Gut«, sagte sie. »Frei.«

»Aber es war doch dreckig, in Kopenhagen und wo du überall warst, und gefährlich. Und du warst alleine und keiner hat dich beschützt. Haben sie dir, ich meine, haben sie dir was angetan?«

Vera lachte. »Alles«, sagte sie. »Aber das Schlimmste war schon passiert. Ziemlich lange, bevor ich abgehauen bin.«

Dann hatte Marion geweint und Vera hatte sie mit ihren harten Händen gestreichelt. Das war schwer zu ertragen gewesen, aber schön.

Sie rappelte sich mühsam hoch und sah um sich. Es war noch nicht hell, durch die Gardinen schien kein Licht.

Auf dem Tisch vor ihr stand ihr Wecker, den sie schon lange nicht mehr gestellt hatte, und klingelte wieder. Der Wecker, nicht die Hausklingel. Sie schwang die Beine aus dem Bett und stand auf, so schnell sie konnte. Sie zog sich ihren Morgenmantel an und ging in Hajos Zimmer hinüber. Er lag im Bett und schlief noch, Gott sei Dank. Sie betrachtete ihn eine Weile. Wenn er schlief, war er noch klein, ihr Junge. Klein und hilflos, wie er wirklich war. Ab heute wird alles anders, versprach sie dem schlafenden Jungen wortlos. Ab heute werde ich wissen, wo du dich herumtreibst und wie lange du weg bist. Jetzt passe ich auf dich auf. Aber ich sage dir noch nicht, dass sie wieder da ist. Das wird eine Überraschung.

Sie wandte sich ab. Es fügte sich alles zum Guten. Erst hatte sie den Jungen herausbekommen. Er wenigstens musste nicht dort bleiben, in Holzminden. Sie hatte ihn wieder. Und hier würde er auch bleiben.

Ab heute würde sie die Herrschaft über ihr Leben zurückerlangen. Wenigstens versuchen musste sie das. Sie schloss die Tür leise hinter sich und ging ins Wohnzimmer. Noch bevor sie duschte und sich anzog, wollte sie den Pfarrer anrufen. Er hatte ihr seine Hilfe versprochen.

Eine halbe Stunde später stand sie endlich vor ihren Sperrholzkindern und malte. Die Arbeit ging ihr gut von der Hand und machte Spaß. Wenn auch das Bücken in den letzten Monaten noch schwerer geworden war. Sie stützte die Arme ins Kreuz und befühlte ihre dicken Hüften, dann strichen ihre Hände an den Oberschenkeln entlang. Alles, alles musste anders werden. Sie wollte sich wieder so fühlen, wie sie es zum letzten Mal vor vielen Jahren getan hatte, leicht und frei.

Wieder versenkte sie sich in das Anstreichen der Figuren, bis sie fast alle fertig hatte, die für diese Woche bestellt waren.

Am späten Vormittag ging sie über den Hof, kochte Kaffee und setzte sich an den Tisch.

Peter hatte ihr im Computer Nummern herausgesucht und sie hatte schon eine ganze Menge Anrufe getätigt. In der nächsten Woche würde ein Container im Hof stehen. Bis dahin wollte sie alles aussortiert haben, was sie hier nicht mehr gebrauchen konnte. *Ist das Kunst oder kann das weg?*, fiel ihr ein, das war ein dummer Slogan, den sie irgendwo gelesen hatte. Aber Kunst gab es hier wirklich, zumindest in der Scheune. Ihre eigene Kunst. Vera hatte sie darauf hingewiesen, dass sie ja etwas konnte. Sogar gut. Sie war gar keine Loserin, gar nicht. Sie konnte was. Marion gab ein Kichern von sich, wie sie es schon lange nicht mehr gehört hatte.

Nach der Entrümpelung würden die Anstreicher kommen. Ihr Blick fiel auf die Küchenuhr: schon elf. Hajo hatte sich noch nicht gerührt. Aus dem Haus gegangen war er auch nicht, sie hätte ihn über den Hof laufen sehen.

Entschlossen stand sie auf, ging in sein Zimmer hinüber und weckte ihn. »Komm bitte zum Frühstück«, sagte sie und ging, ohne seine Antwort abzuwarten.

Es dauerte eine Weile, bis er herübertrottete, verschlafen und meckernd. Seit Jahren hatte sie sich nicht mehr erlaubt, über sein Aufstehen zu bestimmen. Sie schnitt ihm das Wort ab und erklärte ganz ruhig, was sie vorhatte.

»Und wenn dir das alles nicht passt, dann können wir überlegen, was du im nächsten Jahr anfängst und vor allem, wo du dann leben wirst.« Hajo aß schweigend sein Brot und sah sie nur an.

»Ich fahre jetzt in die Stadt, zum Einkaufen und zum Friseur. Außerdem muss ich die Beerdigung vorbereiten. Wenn ich wiederkomme, will ich, dass du hier bist. Ich gehe davon aus, dass es keine Messer mehr gibt, die du in den Fluss werfen willst. Oder muss ich mir darüber Gedanken machen?«

Hajo war bei der Erwähnung des Messers zusammengezuckt. Er schüttelte den Kopf und sah einen Moment lang fast erleichtert aus.

Marion ging zur Garderobe und zog sich eine Strickjacke über.

Als sie einige Stunden später wiederkam, sah sie schon von Weitem, dass Hajo tatsächlich den Hof fegte. Aber er war nicht allein. Neben ihm stand das Mädchen, Klara Göbel.

Marion hatte ja von Anfang an gewusst, dass das nicht Viola gewesen war, die sie gesehen hatte. Es war Klara, ihre Tochter. Die damals Veras Freundin gewesen war. Und als die beiden durch Violas Tod getrennt worden waren, ging das Elend los. Und jetzt stand sie da und Hajo war ihr komplett verfallen. Sein Blick saugte sich an ihrem Gesicht fest. Ein Blick wie damals Bernds.

Marion hielt sich den Mund zu. Es war schwer. Es war so schwer, dass sie auf ihre Couch wollte, Schokolade essen und einfach in die Gegend starren. Aber das ging nicht. Sie wollte es doch noch mal versuchen, mit dem Leben. So hatte sie es Vera versprochen. Und Vera würde ihr jetzt helfen.

Als sie auf die beiden zuging, verabschiedete Klara sich eilig. »Bis später.« Sie ging zur Straße.

Marion sah ihr nach. »Was wollte die? Und was ist später?«, fragte sie mit harter Stimme, als sie Hajo endlich erreicht hatte. Er maß sie mit einem langen Blick.

»Sie war hier in der Nacht, als der«, er deutete mit dem Kopf nach oben, »sich vom Acker gemacht hat. Weißt du das?«

Marion antwortete nicht.

»Das wusstest du, stimmt's?« Er warf den Besen auf das Pflaster und ging ins Haus. Marion blieb mit hängenden Schultern mitten auf dem Hof stehen.

Nein. Sie hat nichts Schlimmes getan. Bernds Schlüssel war in seiner Jacke gewesen, die am Haken hinter der Tür hing. Er war ohne Jacke gegangen. Woher hätte sie das wissen sollen? Sie hatte die Haustür abgeschlossen und dann fest geschlafen.

Sie straffte sich und ging ins Haus.

Das Einzige, was ihr leid tat, waren diese vielen Jahre, in denen sie sich selbst langsam, aber sicher in einen Menschen verwandelt hatte, den sie nicht kannte und auch nicht kennen wollte.

## *32*

»In den Weserdörfern spukt seit einiger Zeit eine Ladendiebin herum«, sagte Ingmar zu Anne, als sie von der Kantine zurückkam, ein paar Becher mit dampfendem Kaffee verteilt hatte und wieder auf ihrem Platz saß.

Er blätterte in Papieren. »Haben die Kollegen gerade gebracht. Gegen die unbekannte Frau vom Campingplatz liegen zwei Anzeigen wegen Ladendiebstahls vor. Von der Inhaberin eines Ladens in Bodenwerder. Sie hatte die Frau ein paar Mal im Ort beobachtet, war sich aber nicht sicher gewesen, dass die es war, die bei ihr geklaut hatte, bis sie am nächsten Tag wiederkam und erneut etwas mitgehen ließ. Hundefutter und ein paar Lebensmittel. Täglicher Bedarf für jemanden, der unterwegs lebt, wenn man es genau betrachtet.«

»Vera Pohlmeier?«, fragte Anne.

»Gut möglich. Die Beschreibung klingt so ähnlich wie das, was der Inhaber des Campingplatzes erzählt hat.«

Das Telefon unterbrach seine Überlegungen.

Als er den Hörer abnahm, war die alte Frau am anderen Ende schon ziemlich entnervt. Sie hatte sich von verschiedenen Stellen im Polizeipräsidium zu Ingmar Frankel durchstellen lassen. Ayse Yildiz war sehr aufgeregt. Sie wollte

Frau Schall sprechen, sonst niemanden. Mehrfach nannte sie den Namen Azrael und stammelte unzusammenhängende Sätze. Ingmar gab Anne einen Wink und sie nahm den Telefonhörer auf. Als es ihr gelungen war, sie zu beruhigen, bekam sie aus der alten Frau heraus, dass das junge Mädchen wieder da war. Es war die Straße entlanggelaufen, genauso wie an dem Tag vor einer Woche, direkt an Frau Yildiz' Haus vorbei. Wen würde es diesmal treffen? Ayse war sofort von ihrem Beobachtungsposten aufgestanden und ins Haus gegangen. Ihr Sohn, den sie um Rat fragen wollte, war aber nicht da gewesen. Die Schwiegertochter auch nicht. Schließlich hätte sie sich entschlossen, die Polizei anzurufen.

»Beruhigen Sie sich, wir kommen zu Ihnen. Kein Grund zur Sorge, bleiben Sie nur im Haus und schließen Sie die Tür. Ist jemand bei Ihnen? Wir sind in einer knappen Stunde da.« Anne legte auf und wandte sich zu Frankel, der bereits hinter ihr stand.

»Offenbar ist Klara Göbel wieder im Dorf. Das spart uns einigen Aufwand. Wir müssen sie nur noch rechtzeitig einholen, den Todesengel.«

In diesem Moment öffnete sich die Tür und eine junge, blonde Frau trat ein.

»Ich heiße Klara Göbel«, sagte sie. »Ich habe gehört, dass Sie mich sprechen wollen.«

»Von wem haben Sie das gehört?« Anne legte den Hörer auf und fuhr zu ihr herum. Der Todesengel, dachte sie und biss sich auf die Lippen. Ayse Yildiz hatte recht, aber jetzt musste die alte Frau warten.

»Von Hajo.« Klara setzte sich auf den Stuhl, auf den Frankel deutete, und sah die Beamten gelassen an

»Hans-Joachim Pohlmeier.«

Anne wechselte einen Blick mit Ingmar. »Der Junge hat gesagt, dass wir Sie sprechen wollen?«

Klara nickte. »Na ja, nicht direkt. Er hat mich angerufen

und mir erzählt, dass sein Vater verschwunden ist. Ich war letzte Woche da, bei den Pohlmeiers, als ich im Dorf war. Auf einer Radtour. Ich wollte … ich wollte Vera besuchen, meine Freundin. Von früher, wissen Sie. Als wir noch im Dorf wohnten. Und als er mir dann erzählt hat, dass seinem Vater was passiert ist, hab ich mir gedacht, ich sage Ihnen lieber gleich, dass ich auch im Dorf war.«

»Wann genau sind Sie in Untervörde gewesen?«, fragte Anne.

»Am Freitag. Und Samstag bin ich weitergefahren. Vera war ja nicht da. Ich hab im Gasthof geschlafen.«

»Und Bernd Pohlmeier, kennen Sie den auch?« Frankel sah sie scharf an.

Klara schüttelte den Kopf.

Die junge Frau machte einen ruhigen und gesammelten Eindruck, fand Anne. Wie war das möglich? Wusste sie nicht, was der Pohlmeier mit ihrer Mutter angestellt hatte? Doch, das musste sie wissen.

»Ein seltsamer Zufall, nicht?«, schaltete sich Frankel ein. »Sie machen eine Radtour zum Dorf, ein paar Monate nachdem der Mörder Ihrer Mutter aus der Haft entlassen wurde. Und als Sie wieder weg sind, ist der Mörder tot.«

»Ja«, sagte Klara, »ich habe gehört, dass der tot ist. Deswegen bin ich ja hier. Wegen dem komischen Zufall. Aber ich habe nichts damit zu tun. Ehrlich nicht.«

Anne sah zu Ingmar hinüber. Seine Miene verriet nichts.

»Er ist ja verurteilt worden«, sagte Klara jetzt. »Hat seine Strafe gekriegt. Und gesessen hat er auch. Viele andere bekommen nicht mal fünfzehn Jahre.« Sie war plötzlich ins Reden gekommen, bremste sich und machte eine beschwichtigende Handbewegung. »Das ist alles so lange her. Ich war damals ein Kind. Kann mich kaum noch daran erinnern.«

»Aber Sie wussten, dass Ihre Mutter gewaltsam zu Tode kam?«

»Natürlich«, sagte Klara. »Mein Vater hatte mich danach sofort zu meinen Großeltern nach Bevern gebracht. Und später abgeholt, dann sind wir ja umgezogen. Ich war sieben, wissen Sie.«

Frankel setzte sich im Stuhl auf und packte sein iPad aus. »Beschreiben Sie uns bitte einmal genau, wie Sie ins Dorf gekommen sind und was Sie dort gemacht haben!« Er fing an, sich Notizen zu machen.

Klara dachte einen Moment lang nach. »Das war am Freitag letzter Woche. Ich bin mit meiner Freundin den Weserradweg gefahren. Die wurde krank und musste umkehren. Ich habe die Tour trotzdem fortgesetzt, ich wollte ja noch nach Untervörde, jetzt wo mein Vater auch tot ist. Aber dann hatte ich alleine doch keine Lust dazu und bin weitergefahren.«

Sie erwiderte Annes Blick, blieb aber ganz ruhig. »In der Nähe des Dorfes hatte ich dann eine Panne. Am Waldrand, als ich schon fast vorbei war. Da sprang mir schon wieder die Kette ab. Das war nicht das erste Mal, wissen Sie. Ich dachte, lass mal jemanden nachsehen, wieso die dauernd abspringt, und bin dann doch ins Dorf gegangen. Unterwegs sagte mir eine Frau, ich könnte das an der Tankstelle reparieren lassen. Das hab ich dann gemacht.«

»Sie waren bei der Tankstelle am Ende der Dorfstraße?«, warf Anne ein. Klara nickte.

»Und da hat eine Frau Sie bedient, stimmt's?«, schaltete sich Ingmar ein, offenbar bemüht, die Befragung in der Hand zu behalten.

»Eine Frau? Nein, ein Mann war da. Der Besitzer oder der Pächter von der Tankstelle muss das gewesen sein.«

»Wie sah der aus?«, fragte Anne.

»Er hatte eine Vokuhila«, Klara lachte. »Um die fünfzig. Ziemlich mürrisch war der.«

Frankel sah Anne an und nickte Klara aufmunternd zu.

Das Mädchen war ihr zu ruhig, zu gelassen. Zu sehr Azrael, der mit heimtückischen Botschaften durch ein Dorf zog.

»Mein Fahrrad konnte der auch reparieren, brauchte aber irgendwelche Ersatzteile, die er erst am nächsten Tag beschaffen konnte. Darum musste ich im Dorf übernachten. Im Gasthaus. Später bin ich dann zu unserem alten Haus gegangen und hab den Jungen im Garten gesehen. Den habe ich dann nach Vera gefragt. Er wusste auch nicht, wo sie ist. Wie verabredet, hab ich am Samstag mein Rad wieder abgeholt und bin weitergefahren. Das Tretlager war noch nicht mal richtig kaputt, sie konnten es wohl reparieren, hat mir die Frau gesagt.«

»Und am Freitagnachmittag waren sie bei Familie Pohlmeier zum Kaffee eingeladen?«, sagte Frankel.

»Nein, ich war nur ganz kurz auf dem Hof. Wie gesagt, ich wollte Vera wiedersehen. Aber die ist nicht mehr da, sie wohnt jetzt auch in Berlin. Deswegen habe ich Hajo auch meine Adresse gegeben. Vielleicht kommt er mal hin und dann suchen wir seine Schwester zusammen.«

»Sie haben also den Mörder Ihrer Mutter besucht?« Frankel sah sie stirnrunzelnd an.

Klara lehnte sich im Stuhl zurück und schwieg.

Komisch, dass der Tankwart behauptet hatte, sie gar nicht gesehen zu haben. Klara war kein Mädchen, das man übersah. Anne betrachtete Frankel. Seine genauen Fragen konnten nicht darüber wegtäuschen, dass sein Blick weicher wurde, wenn er die junge Frau betrachtete.

»Wie haben Sie dann den Abend verbracht, im Gasthaus?«, fragte er.

»Geschlafen«, sagte Klara. »Ich war ganz schön kaputt vom Radfahren. Das war ein schrecklich heißer Tag.«

»Dann wird die Inhaberin des Gasthauses Sie ja gesehen und gehört haben oder war noch jemand anderes da?«

»Nein«, sagte Klara, »niemand außer mir. Und die Besitzerin war sehr alt, wer weiß, ob die mich überhaupt gehört hat. Begegnet ist mir keiner mehr. Aber das können Sie mir wirklich glauben: Ich bin früh schlafen gegangen.« Sie sah Ingmar mit gespielter Hilflosigkeit an.

»Wer schmückt eigentlich das Kreuz Ihrer Mutter?«, fragte Anne, »haben Sie noch Verwandte im Ort?«

Klara zuckte fast unmerklich zusammen. Sie wirkte plötzlich eine Spur blasser.

»Sie sind doch sicher da vorbeigekommen, als Sie zum Dorf fuhren, oder?«

Sie nickte. »Ja, das Gleiche habe ich mich auch schon gefragt. So viele wunderschöne Sommerblumen«, sagte sie. »Wir haben keine Verwandten mehr hier. Alle tot.« Sie rutschte ein bisschen tiefer in ihren Stuhl.

»Kannten Sie die Gedenkstätte Ihrer Mutter vorher überhaupt?«

»Ja, sicher, ich war ja früher manchmal da, mit meinem Vater. Aber natürlich nicht sehr oft.«

»Waren Sie nicht überrascht, als Sie jetzt plötzlich vorbeikamen? Ist Ihnen nicht alles wieder eingefallen, was Ihrer Mutter hier passiert ist?«

Klara saß da wie erstarrt und sagte eine Weile nichts. Ingmar machte eine beschwichtigende Bewegung in Annes Richtung, aber sie achtete nicht auf ihn.

»Nein, alles hab ich nicht gewusst«, gab sie dann leise zu. »Nicht die Einzelheiten. Hab ich erst von der Frau erfahren.«

Die Kommissare sahen sie fragend an. Nicht Marion Pohlmeier, dachte Anne. Die hat bestimmt kein Wort über die Lippen gebracht. Und warum sollte sie auch?

»Meike Becker von der Tankstelle«, sagte Frankel zu Klara.

Klara nickte. »Sie hat mir alles zu lesen gegeben.«

»Zu lesen?«

»Zeitungsartikel über den Mord an meiner Mutter. Und über das Gerichtsverfahren. Oben, in der Wohnung. Ihr

Mann hat sie gesammelt, hat sie gesagt. Ich durfte sie in Ruhe in seinem Arbeitszimmer lesen.«

»Wie sind Sie denn in Kontakt mit der Frau gekommen?« Anne konnte ihre Skepsis schlecht verbergen.

Klara sah nach unten, auf ihre Hände, dann hob sie den Kopf. »Sie wohnen in der Tankstelle, genau neben dem Gasthaus, wo ich mein Zimmer hatte. Und im Gasthaus gab es kein Internet. Ich hatte sie gefragt, ob ich ihres benutzen könnte. Mein Vater hatte bestimmt gute Gründe, mir nichts Genaues zu erzählen. Er wollte sicher nicht, dass ich zu früh die Einzelheiten wusste. Jetzt kann ich besser damit umgehen. Darf ich jetzt gehen?«

Frankel nickte.

Eigentlich nicht, dachte Anne. »Eine Frage noch: War der Tankwart auch da, als sie gelesen haben?«

»Ja, dem bin ich auch begegnet«, sagte Klara, »als ich wegging.«

Anne sah Klara nach, wie sie zur Tür ging. Sie wartete, bis die junge Frau draußen war.

»Stell dir mal vor, du machst eine Radtour, fährst durch die Landschaft, denkst an nichts Böses und plötzlich steht das geschmückte Kreuz deiner Mutter vor dir! Und das Kreuz ist schon ziemlich beeindruckend, mit den Herzchen und den vielen Blumen. Ich war letztes Jahr da und hab mich sofort wieder daran erinnert, als ich das Ortsschild sah. Richtig gruselig. Also: Deine Mutter ist grausam ermordet worden und du beschäftigst dich zum ersten Mal genauer mit dieser Tat. Bist sogar am Ort des Geschehens. Alle wissen genau Bescheid, nur du nicht. Und dann hörst du noch, dass der Täter wieder frei ist und ein paar Hundert Meter weiter wohnt? Vielleicht schaust du auch mal bei den Leuten vorbei. Aber bestimmt nicht, um sie zu besuchen.«

Frankel schüttelte den Kopf. »Uli Becker hat gelogen. Er hat alles gesammelt, was über den Mord in der Zeitung stand. Eines Tages kommt so ein Mädchen wie Klara und die Frau lässt sie ins Haus und präsentiert ihr die Sammlung der Artikel. Und uns gegenüber kann er sich dann nicht an sie erinnern? Wir müssen los, zur Tankstelle.«

»Aber vorher eine alte Frau beruhigen«, sagte Anne.

## *33*

Uli stützte sich auf seinen Arm und betrachtete Meike, die ihren Mittagsschlaf hielt.

Ihr Mund mit den trockenen Lippen stand leicht offen, um die geschlossenen Augen zeichneten sich Fältchen ab. Damals hatte er sie zumindest hübsch gefunden. Natürlich nicht schön, wie Viola.

Er fasste sich an den Kopf, der immer noch brummte. Deshalb schlief er auch so wenig, tigerte in der Nacht von Zimmer zu Zimmer und dachte über sein Scheißleben nach. Meike hatte immer alles mitgemacht, ohne sich groß zu beklagen. Den ganzen Stress mit der Tankstelle, die Benzinpreise, die ständig stiegen und über die immer alle meckerten.

Als ob er was daran ändern könnte. Die meisten Kunden wussten noch nicht mal, dass die Pächter am Benzin am wenigsten verdienten. Sie dachten, dass Meike und er sich mit dem Geld die Taschen füllten. Dabei hatten sie manchmal sogar Probleme, die Pacht zu bezahlen. Zum Glück lief der Shop ganz gut, zumindest am Wochenende.

Er dachte an all die Jahre, die vergangen waren, ohne dass er das bemerkt hatte. Immer in der Gegenwart leben und so wenig wie möglich nachdenken, damit war er doch immer gut gefahren. Zwischendurch hatte es eine Zeit gegeben, in der er ganz zufrieden gewesen war mit seinem Leben. Das war, als Marlene noch hier wohnte, zur Schule ging, mittags nach Hause kam und bei allen Mahlzeiten was zu erzählen hatte. Oft brachte sie Freunde mit, junge Leute, die noch nicht so angefressen vom Leben waren wie die älteren, mit denen sie es hauptsächlich zu tun hatten.

Und dann die Musik. Als er noch als Discjockey durch die Partys und Feste in der Umgebung gezogen war, fast jedes Wochenende angefragt wurde mit seinen Oldies. Das waren noch Zeiten gewesen. Aber jetzt verstaubten die Platten da oben. Wann immer er in den letzten Jahren in sein Arbeitszimmer gegangen war, um Musik auszusuchen, war ihm dieser Ordner in die Hände gefallen.

Plötzlich wurde ihm heiß und der Schweiß brach ihm aus. Er legte sich neben Meike auf den Rücken und atmete ein paar Mal ein und aus. Er wünschte, er wäre für irgendwas in seinem Leben nützlich gewesen. Marlene meldete sich auch nicht mehr. Sie hatte ihr Studium abgebrochen und war nach Indien gegangen. »Alles viel zu eng hier. So spießig wie ihr will ich niemals leben«, hatte sie ihn angeschrien. Und dann hatte er sie nie wiedergesehen.

Meike rührte sich noch immer nicht. Als die Kommissare abgezogen waren, hatte sie verlangt, dass er künftig alles Mögliche ändern sollte. Sein ganzes Leben umkrempeln. Mit seinen Radtouren und Kneipenbesuchen sollte Schluss sein, die Abende sollte er zu Hause mit ihr verbringen. Nicht mehr nur mit seinen Kumpels vom Sportverein in den Urlaub fahren, sondern mit ihr. Und an Orte, die sie schön fand. Außerdem wollte sie etwas erleben, das er sich gar nicht mehr vorstellen konnte: Sie wollte wieder verliebt sein, in ihn.

Wie das gehen sollte? Ganz einfach: Er sollte sie wieder in ihn verliebt machen, so wie damals. Er hätte das schon einmal geschafft, bitte, jetzt wollte sie nicht mehr länger ohne das leben. Uli hatte erst gelacht, dann hatte er gesehen, dass sie es ernst meinte. »Ja, wie stellst du dir das denn vor?«, fing er an, doch dann hatte ihr Blick ihn verstummen lassen. Er seufzte.

»Das ist der Preis«, hatte sie gesagt und ihn dabei ernst und bestimmt angesehen.

Es hatte ihn irgendwie gepackt, wie sie gesprochen hatte.

Wer wollte schon so weiterleben, aber wer konnte irgendwas daran ändern?

Er war auf dem Weg zur Dusche, als er die Türglocke hörte.

Es war die Polizei.

## *34*

»Das Arbeitszimmer war absolut clean. Ich habe mir jeden Ordner einzeln angeschaut«, sagte Anne. »Alle aus dem Regal genommen. Da war absolut nichts. Nur hinter dem Stereoturm, da standen zwei leere Schnapsflaschen.«

»Die Zeitungsartikel haben sie versteckt oder vernichtet, was weiß ich«, sagte Ingmar Frankel.

»Vergraben«, sagte Anne gedankenverloren. »Oder die ganze Geschichte ist ein Fantasieprodukt der schönen Klara Göbel und so was wie Zeitungsausschnitte in einem Ordner gibt es nicht.«

»Aber für eine Lügengeschichte sind ihre Angaben doch etwas spezifisch, oder?«

»Irre ich mich oder steht Klara Göbel bei dir nicht auf der Liste? Zu niedlich, um böse zu sein?«

Anstatt zu antworten, zog Ingmar sein Handy aus der Tasche und studierte das Display.

»Es war natürlich auffällig, wie gepflegt das traute Heim aussah«, meinte Anne nachdenklich. »Alles schön aufeinander abgestimmt, die Möbel abgestaubt, sogar im Arbeitszimmer. Die Vorhänge waren frisch gewaschen und die Zimmer mit Blumen geschmückt. So als hätten sie sich auf Gäste vorbereitet.«

»Oder auf uns.«

»Überhaupt die schönen Blumen. Die pflanzen sie selbst.

Dafür muss man auch ein Händchen haben«, sagte Anne. »Hinterm Haus haben sie einen Birnbaum und darum herum eine ganze Menge Sommerflieder und Sonnenköpfchen. Alles in voller Blüte. Kein Unkraut.« Sie seufzte. Auf ihrem Balkon in Bielefeld hielten die Blumen in den Kästen nicht mal den Sommer durch, weil sie das ohne Wasser nun einmal nicht taten.

»Er hat fast nichts gesagt und seiner Frau das Reden komplett überlassen. Darin ist sie gut«, Frankel kratzte sich am Hals.

Anne wandte ihm das Gesicht zu: »Genau wie die kleine Schauspielerin.«

»So kriegen wir den Mörder nicht.« Er steckte den Schlüssel ins Zündschloss.

»Warte mal eben. Wen haben wir denn da? Wenn man vom Teufel spricht.« Anne sah durch das Beifahrerfenster. Da drüben war das Mädchen. Klara. Sie ging die Dorfstraße hinunter, ziemlich zielstrebig sogar. Wohin die wohl unterwegs war?

Frankel schaute ungeduldig auf die Uhr. »Ich muss zurück ins Präsidium. Meine Leute warten, ich muss wissen, wie weit sie sind. Und vielleicht schaff ich es, einen Durchsuchungsbeschluss zu bekommen. Außerdem brauchen wir eine Überwachung der Beckers.«

»Ich muss noch was erledigen«, sagte Anne und fasste an den Türgriff. »Ich melde mich dann später wieder.«

Und bevor Frankel reagieren konnte, war sie aus dem Auto gestiegen und lief die Dorfstraße hinunter.

## 35

Da war sie endlich. Er hatte sie ja auch gerufen. Und in den letzten Jahren hatte er immer darauf bestanden, dass sie gelegentlich mit ihm telefonierte und ihm sagte, wo sie war.

Erst Dänemark: Christiania, die Drogenkommune, wo jeder so leben konnte, wie er wollte. Das bisschen, was sie ihm davon erzählte, klang geil. Er würde auch nach Kopenhagen gehen, eines Tages.

Plötzlich war Vera von da nach Berlin gezogen. Aber wohin genau, das sagte sie ihm nicht. Dabei hatte er immer dichtgehalten. Keiner außer ihm wusste, wo sie war. Postfach 243. Postlagernd, Berlin Neukölln.

Aber in den letzten Monaten hatte er nichts mehr von ihr gehört. Auf seine Karten und Briefe hatte sie nicht mehr geantwortet. Vera nicht mehr vorhanden, der blanke Horror. Und jetzt war sie einfach zurück. Sein Gesicht verzog sich trotzig.

Wie der Alte sah sie aus, so riesig und plump. Und so gebeugt. Sie ist doch nur ein paar Jahre älter als ich.

Und dann die Hunde. Sie zogen an den Leinen und bellten.

Er ging quer über den Hof, an der Mutter vorbei, die auf einem Gartenstuhl saß, und beugte sich über die Australian Cattledogs, als gehörten sie ihm.

»He«, sagte er, »da seid ihr ja.«

Vera stand hinter ihm, als er sich umdrehte. Sofort fiel ihm wieder Klara ein. Er hatte heute noch ein Date mit ihr. Sie hatte ihn unbedingt sprechen wollen, war heute auf den Hof gekommen. Dann hatte plötzlich die Alte dagestanden mit Panik im Blick.

»Du weißt Bescheid. Ich warte auf dich.« Klara war weggelaufen.

Er hatte nie mehr dorthin gehen wollen. Das war kein guter Ort für ein Treffen. Aber er musste ihr etwas sagen. Das musste sie doch wissen. Sie sollte nicht glauben, dass er ein Verräter war.

Er würde zur Polizei gehen. Freiwillig. Er würde alles sagen. Wie stand das da in der Zeitung? Er griff in der Tasche nach den Artikeln, die sie ihm gegeben hatte: *Man kann in einer schweren Stunde seines Lebens einen Fehler machen. Aber man muss dazu stehen*. Den Satz konnte er einfach nicht mehr vergessen. Herr Göbel hatte das gesagt, Violas Vater.

Während sein Alter log, bis sich die Balken bogen und die Leute im Gerichtssaal aufschrien, sobald er für eine seiner Lügen das Maul aufmachte. Hajo stopfte die Zeitungsstücke wieder in die Tasche.

»Wo hast du das her?«, fragte er jetzt Vera, die breitbeinig vor ihm stand, und deutete auf das Wohnmobil.

»Hab ich mir geholt.«

»Von Oma und Opa? Vom Hof?«

Sie nickte. »Schon lange her.«

»Darin lebst du die ganze Zeit?« Sie antwortete nicht.

»Warum bist du nicht gekommen?«

Vera musterte ihn. »Ich bin da, oder? Habe sogar meine besten Freunde mitgebracht.« Sie zeigte auf die Hunde. Ihr Grinsen entblößte einen Eckzahn, der dunkelbraune Flecken hatte, ihre Hände waren von trockener und schwieliger Haut überzogen.

Hajo sah von ihrem Mund zu ihren Augen und nickte. Aber dann wurde ihm wieder elend. Vera war zu spät gekommen.

»Was ist passiert?«, fragte sie jetzt. Sie sah ihn wieder so an, das nervte.

»Er ist tot.« Hajo kickte einen Stein über den Hof. Sein Blick folgte ihm, bis er am Mobil angekommen war und kurz den Reifen berührte.

»Tot, ja. Das warst doch nicht du, oder?« Vera setzte sich auf die Eingangsstufen des Autos und ließ für einen Augenblick die Schultern sinken. »Komm, setz dich zu mir«, sagte sie und klopfte auf die Stufe unter sich. Hajo folgte nicht. Die Mutter kam aus der Scheune und blieb mitten im Hof stehen.

Vera sah sie an, dann wieder Hajo.

»Warum hast du nicht auf mich gewartet? Ich war unterwegs.«

Hajo zuckte die Achseln.

»Das war diese Hexe«, ließ sich die Mutter vernehmen. »Sie hat ihn dazu gebracht, sie haben es zusammen ...«

»Du hältst die Schnauze«, sagte Hajo und plötzlich kam Bewegung in ihn. »Du kotzt mich an.« Er drehte sich um und lief vom Hof.

Die Hunde bellten hinter ihm her, als ob es etwas mit ihnen zu tun hätte. Vera sah ihm nach.

»Hajo, Hajo, bleib gefälligst hier«, rief die Mutter und setzte sich in Bewegung.

Vera sprang auf und hielt sie fest. »Ganz ruhig«, sagte sie. »Der macht keinen Scheiß, wenn ich hier bin.«

Sie ging zu den Hunden und band sie los.

## *36*

Samstagnachmittag. Der Ort war ausgestorben, so wie früher auch die Städte am Samstag nach zwölf Uhr, wenn alle getankt und die letzten Einkäufe für das Wochenende getätigt hatten. Nichts regte sich auf der Dorfstraße.

Nachdenklich blieb Anne vor einem Metzger stehen und betrachtete die altmodischen Auslagen. Im Fenster des Geschäfts hingen dicke Salamiwürste von der Decke herab: *In der Pelle gereift.* Wurstwaren, wie sie vor vielen Jahren in solchen Auslagen zu sehen gewesen waren.

Die junge Frau, der sie in einigem Abstand folgte, hatte offenbar ein Ziel. Sie schlenderte nicht, sondern lief die Dorfstraße hinunter. Es hatte keinen Sinn, ihr offen hinterherzurennen. Wo ging sie hin? Angeblich kannte sie niemanden mehr im Dorf. Aber es gab hier etwas, das vor Kurzem ihr Leben auf den Kopf gestellt hatte, auch wenn sie das bestritt.

Natürlich, Anne schlug sich vor die Stirn, Klara war auf dem Weg zur Gedenkstätte ihrer Mutter. Wieso eigentlich war Anne nicht noch einmal da gewesen? Es sind die Orte, die zu einem sprechen. Klara war schon nicht mehr zu sehen.

Anne zog das Handy aus der Tasche und ließ sich den genauen Weg zum Kreuz beschreiben.

»Was hast du vor?«, fragte Ingmar beunruhigt.

»Weiß ich noch nicht«, sagte Anne, »ist nur so ein Gefühl. Aber lass mich mal machen.«

Ingmar stimmte widerstrebend zu, kündigte aber an, baldmöglichst wieder nach Untervörde zurückzukommen.

»Und wie war das Briefing? Gibt es was Neues zum Tatort? Wo wurde der Pohlmeier ins Wasser geworfen?«

»Das Ufer wurde weiträumig abgesucht, vor allem bei Untervörde. An der Brücke gibt es eine Stelle, an der minimale Schleifspuren sichergestellt werden konnten. Aber falls es da mal Hinweise auf Pohlmeier gegeben hat, sind sie verschwunden. Inzwischen wird die Möglichkeit geprüft, dass er gar nicht lange in der Weser getrieben ist. Der Leichnam war noch relativ gut erhalten. Vielleicht ist er in Dölme ins Wasser geworfen worden und wieder ans Ufer getrieben.«

»Du meinst, jemand hat ihn nach Dölme gebracht, obwohl die Weser bei ihm vor der Haustür vorbeifließt?«

»Zur Irreführung wäre das denkbar. Würdest du eine Leiche vor deiner Haustür in den Fluss werfen? Ich gehe davon aus, dass es jemand gewesen ist, der ein Auto hat.«

»Becker?«, fragte Anne. »Oder meinst du etwa ein Wohnmobil?«

Frankel schwieg bedeutungsvoll.

»Sie ist eine gute Schauspielerin«, sagte Anne. »Absolut überzeugend, stimmt's?«

»Wer?«

Anne schüttelte den Kopf, als sie den Aus-Knopf drückte. Ingmar hielt offenbar nicht so viel von Dingen, die auf der

Hand lagen. Genauer gesagt, von Menschen, die ihre Empfindungen gut verbergen können.

Es dämmerte schon wieder, dabei war es noch gar nicht spät. Über ihr schoben sich Regenwolken zusammen, die sich jeden Augenblick entladen konnten. Als sie den Weserradweg erreichte, hielt sie plötzlich an. Vor dem Kreuz, mit dem Rücken zu ihr, standen Klara und Hajo. Anne drückte sich seitlich in die Büsche.

Klara hielt Hajo am Arm und redete halblaut auf ihn ein.

Plötzlich riss der Junge sich los. »Ich war das nicht!«, schrie er. »Aber ich werde denen alles erzählen, was ich weiß. Das schwör ich dir. Einer muss doch mal die Wahrheit sagen!«

»Untersteh dich«, Klara stand ihm jetzt gegenüber und fasste in ihre Jackentasche. »Ich warne dich: Ich war nicht dabei, verstanden? Du warst derjenige, der zurückgegangen ist. Du hast ihn erledigt, deinen Alten. Ich hab damit nichts zu tun.«

Ruckartig zog sie die Hand aus ihrer Tasche. Darin hielt sie ein Messer, dessen Klinge sie auf Hajo richtete. Ihre Stimme klang schneidend, zugleich zitterte sie. »So hast du es gemacht«, sagte sie. »So sachte, nur so ein bisschen gekratzt. Und hier auch noch ein bisschen und hier. Bis er geschrien hat und gewinselt. Und bis er die Wahrheit gesagt hat. Na ja, jedenfalls das, was er für die Wahrheit gehalten hat. Seine Wahrheit. Du warst das!«

»Hör auf mit der Scheiße«, brüllte Hajo und griff nach dem Messer.

»Vorsicht«, drohte Klara, stach in seine Richtung und traf den Ärmel seiner Jacke. Hajo ging einen Schritt zurück, stolperte und klammerte sich mit einer Hand an einem Ast fest.

»Sie war selbst schuld, deine Mutter«, schrie er jetzt wütend. »Sie ist halb nackt vor dem offenen Fenster herumgeturnt und hat ihn angemacht. Nicht mal Gardinen hattet ihr!«

Klara trat an ihn heran und hielt das Messer vor sein Gesicht. »So war es nicht«, meinte sie, plötzlich ruhig. »Das nimmst du zurück. So wahr ich hier vor dir stehe, wenn du das nicht zurücknimmst, fängst du dir was. Das hat nur dein Alter behauptet, dieses Tier. Er hat gesagt: ›Sie war eine geile Schlampe, alle hat sie rangelassen, nur mich nicht.‹ Aber das hat er erst gesagt, als du mit dem Messer vor seinem Gesicht herumgefuchtelt hast. Und was für eine dämliche Kuh seine eigene Frau wäre. Und gegenüber, in dem Haus ohne Vorhänge, sah er Viola, die so schön war und ihn schon als Kind ausgelacht hat, wenn er mit ihr Eis essen gehen wollte oder nur mal mit ihr quatschen. Er, der Bauerntrampel. Und meine Großeltern haben den Jungen nicht in die Nähe ihrer Tochter gelassen. Kein Umgang für Viola. Recht haben sie gehabt.« Klaras Gesicht hatte sich gerötet. Sie bewegte das Messer auf Hajos Hals zu, die Klinge zitterte.

Verdammt noch mal, ich muss hier heraus und eingreifen, dachte Anne. Aber wenn sie in diesem Moment aus dem Gebüsch gesprungen wäre und nach dem Messer gegriffen hätte, wäre es dem Mädchen vielleicht ausgerutscht. Klara hielt Hajo weiterhin die Klinge vor das Gesicht. Sie lachte böse. »Weißt du, mir ist scheißegal, was du mit ihm gemacht hast. Ich bin nur froh, dass dieses Schwein weg ist. Ein für alle Mal. Sehr froh. Aber diesmal wird mein Name da herausgehalten, verstanden? Diesmal wird niemand aus meiner Familie in den Schmutz gezogen, ist das bei dir angekommen?«

Anne beobachtete sie scharf. Klara würde den Jungen nicht verletzen, höchstens aus Versehen. Trotz ihrer großen Worte zitterte sie und Tränen liefen ihr über das Gesicht.

Plötzlich sahen Klara und Hajo auf. Gejaule und Gebell näherten sich. Wild durcheinanderwuselnde Hunde, die eine Frau hinter sich herzogen, liefen auf Hajo zu, blieben vor ihm stehen und bellten ihn freudig an.

Klara ließ das Messer sinken und die Frau mit den Hunden machte einen Satz auf sie zu, griff hart nach ihrer Hand und drehte das Messer heraus. Es fiel auf den Boden.

Dann standen die drei da und sahen sich an, während man die Blätter immer stärker rauschen hörte. Der Regen hatte eingesetzt.

»Was hattest du denn mit dem Messer vor, Klara?«, fragte die Frau. »Steht dir gar nicht.«

Klara sackte zusammen, als habe ihr jemand in die Kniekehlen getreten, und setzte sich vor das Kreuz auf den Boden.

Anne kam aus ihrem Versteck hervor, hob das Messer auf und hockte sich vor Klara, der unaufhörlich die Tränen über die Wangen liefen. Sie reichte ihr ein Taschentuch. Vera sah auf Anne herunter, als gäbe es ohnehin nichts, das sie überraschen konnte, band die Hunde an einen Baum, zog Hajo beiseite und drückte ein Taschentuch auf seinen Unterarm.

Eine ganze Weile hörte man nichts als das Rauschen des Regens und Veras leises, beruhigendes Murmeln.

Annes Blick fiel auf die frischen Blumen, die seitlich vor dem Kreuz verstreut waren. Sie waren offenbar aus der Plastikvase herausgefallen, die danebenlag. Sonnenköpfchen und Sommerflieder. Solche Blumen hatte sie doch gerade gesehen.

In diesem Moment fasste Klara wieder in ihre Jackentasche, nahm ein Gummi heraus und band ihr Haar zurück. Als Anne die Vase aufnahm und die Blumen hineinsteckte, fielen ihr ein paar geknickte Zweige hinter dem Kreuz auf. Sie schob das Gebüsch beiseite. Eine verwischte Schleifspur zog sich auf dem Waldboden durch die Büsche. Wenn es so weiterregnete, würde man sie bald nicht mehr sehen können.

»Und jetzt will ich wissen, was passiert ist«, sagte Vera laut.

Ich allerdings auch, dachte Anne, stand auf und wischte sich die Hände an der Hose ab.

»Das ist die Kommissarin«, sagte Hajo.

Vera nickte, machte aber keine Anstalten, sich vorzustellen.

»Sie sind Vera Pohlmeier?« Die Ähnlichkeit war nicht zu übersehen. »Sind Sie das mit den Blumen? Stellen Sie die immer hierher?« Anne deutete auf die Vase.

Vera schüttelte den Kopf. »Da ist mir jemand zuvorgekommen.«

»Der Tankwart bringt immer die Blumen«, sagte der Junge, ohne zu zögern. »War früher ein Verehrer von Klaras Mutter, ich meine von Frau Göbel. Ich hab ihn schon ein paar Mal mit Blumen auf dem Rad herumfahren sehen. Der reinste Lieferservice.«

Dann kniete er sich neben Klara auf den Waldboden und sah sie an: »Was war das denn?«, fragte er. »Wolltest du mich abstechen?«

Klara warf ihm einen bösen Blick zu. »Du musst doch ganz still sein. Was hast du mit deinem Alten gemacht, nachdem du und deine Mutter ...? Und jetzt nimmst du ihn auf einmal in Schutz!«

»Nachdem?«, hakte Anne Schall nach. »Nachdem du und deine Mutter was mit ihm gemacht habt?«

Der Junge sprang auf die Beine und schaute wie gewohnt trotzig. »Meine Alte hat damit nichts zu tun. Überhaupt nichts.«

Klara rappelte sich ebenfalls auf: »Seine Mutter hat ihren Mann ausgesperrt«, sagte sie. »Sie hat die Tür hinter ihm zugeschlossen. Sonst wär der gar nicht mitgegangen. Hast du doch selbst gesagt«, fuhr sie Hajo an.

»Warum?«, fragte Anne und fasste Klara am Arm. »Warum hat sie ihn rausgeworfen?«

»Sie hat alles mitgehört. Ich wusste nicht, dass sie wach war«, sagte Hajo. »Wir haben ihm endlich mal die Meinung gesagt.« Seine Stimme klang triumphierend.

»Was genau habt ihr mit deinem Vater gemacht? Wo habt ihr ihn ins Wasser gestoßen?«

»Nein«, rief Klara, »nein! Wir sagen jetzt gar nichts mehr.

Im Übrigen habe ich nicht das Geringste damit zu tun.« Sie drehte sich um und lief den Weg hinunter zum Dorf, während der Regen immer heftiger wurde. Wasser prasselte auf die Blätter, auf dem Weg bildeten sich Pfützen, sie störte sich nicht daran, hineinzutreten. Anne sah ihr hinterher, ohne den Versuch zu machen, ihr nachzulaufen. Sie hielt Hajo am Arm fest. »Du bleibst hier.«

»Lassen Sie meinen Bruder in Ruhe«, mischte sich Vera ein. Sie ergriff Hajos anderen Arm, Anne ließ den Jungen los. Es sah ohnehin nicht so aus, als würden die Hunde, die jetzt an ihren gestrafften Leinen auf dem Weg standen und unruhig im Regen hin und her liefen, den Jungen an sich vorbeilassen.

Vera schob Hajo ein bisschen weiter unter das Blätterdach. Eine Weile standen sie nahe beieinander, direkt vor dem Kreuz. Die Hunde zitterten unter den tropfenden Blättern. Anne deutete auf das Foto von Viola Göbel und das Herzchen mit der Aufschrift: *Mama, ich vermisse dich, deine Klara*. Sie sah Hajo auffordernd an.

»Wir wollten … unsere Eltern waren doch Freunde«, sagte Hajo, »oder immerhin Nachbarn! Alles war gut, oder? Sie kannten sich jahrelang, sie waren schon als Kinder zusammen. Ich wollte wissen, warum. Warum er das getan hat. Das verstehen Sie doch, oder? Klara kam an dem Freitagabend zurück zu uns. Er wollte nicht mit uns gehen. Aber ich hatte das Messer.«

»Ihr habt ihn bedroht und mit dem Messer verletzt?« Hajo nickte. »Aber wir haben ihn nicht erstochen! Er hat nicht mal stark geblutet. Plötzlich haben wir was gehört und einen Schreck gekriegt. Wir sind weggerannt und er lag vor dem Kreuz und jammerte. Er ist selbst mitgekommen, den ganzen Weg, wie ein Hund an der Leine. Bis hierher. Wir hatten doch nur gewollt, dass er Reue zeigt oder irgendein Gefühl – einfach, dass er aufhört zu lügen.«

Anne nickte. Sie sahen in den Regen hinaus, wo jetzt ein durchnässter Ingmar Frankel im trüben Licht erschien. Wasser lief ihm an der Jacke herunter, die Hose klebte an seinen Beinen. Er hielt Klara am Arm und führte sie vor sich her durch den Regen. An ihr war kein Faden mehr trocken. Die Hunde wedelten erfreut mit den Schwänzen, als sie die beiden kommen sahen.

Anne nutzte den Moment, in dem die Hunde abgelenkt waren, und trat auf den Weg. Sie zog Frankel beiseite und flüsterte ihm etwas zu.

»Hinter dem Kreuz?«, fragte er ungläubig und sah zum Wald.

Dann fiel sein Blick auf Klara. »Ihr habt ihn hierhergeschleift, getötet und dann da unten in die Weser geworfen? Das könnt ihr im Präsidium genauer erzählen, wir nehmen euch jetzt mit.«

»Nein«, rief Klara und riss sich los, »ich hab nichts gemacht. Ich hab ihn nicht umgebracht. Aber Hajo ist zurückgegangen. Als ich schon auf dem Weg zum Gasthaus war, war der plötzlich weg.«

»Ich hab nur mein Messer gesucht«, verteidigte sich Hajo. »Dann bin ich nach Hause. Ich war das nicht.«

Frankel zog sein Handy aus der klitschnassen Hosentasche und tippte darauf herum.

»Wahrscheinlich hat ihn einer erwischt, der ihn nicht im Dorf haben wollte. Wär ja nichts Besonderes.« Hajos Worte hatten einen bitteren Klang.

»Und warum sollten wir das jetzt so einfach glauben?« Frankels Stimme war plötzlich wieder schneidend.

»Der Tankwart«, ließ sich Klara vernehmen. »Am Schluss von der Akte, die er über meine Mutter angelegt hatte, stand etwas über ein Schwein, das bei guter Führung schnell wieder draußen wäre. Damit hat er Pohlmeier gemeint.«

»Akte?« Anne und Frankel wechselten einen Blick.

»Die gesammelten Zeitungsausschnitte!«

»So einen Ordner über Ihre Mutter gibt es bei dem Becker nicht«, sagte Frankel bestimmt. »Das bleibt nur eine Behauptung von Ihnen.«

»Ich kann sie Ihnen zeigen«, sagte Klara jetzt ruhiger. »Sie müssen mir glauben! Nein, das geht nicht. Der kann es nicht gewesen sein.« Sie hielt inne und zitterte plötzlich vor Nässe und Erschöpfung.

»Wieso nicht?« Endlich war Ingmar ganz Ohr.

»Ich hab ihn ja heimkommen sehen. Er war so betrunken. Als ich ging, war er gar nicht mehr ganz bei sich.«

Ingmar sah sie scharf an.

»Dann muss er noch mal losgegangen sein. Es war ja noch gar nicht spät. Im Vollrausch«, entfuhr es ihr. »Dann kriegt er mildernde Umstände, oder? Wie …«

»Wie der Mörder, den wir zur Strecke gebracht haben?« Anne zog Ingmar zurück und deutete auf die Blumen vor dem Kreuz. »Sommerflieder und Sonnenköpfchen. Wuchsen solche Blumen nicht in rauen Mengen in einem Garten, den wir gerade gesehen haben? Und dazu gibt es hier einen im Dorf, der ganz gerne mit solchen Blumen durch die Gegend radelt. Wir müssen los!«

»Warum sagst du so was über mich?« Hajo wandte Klara sein Gesicht zu. Es war trocken, aber so weiß, als würde er jeden Augenblick umfallen. »Wieso traust du mir das zu?«

»Ihr seid doch alle gleich. Vater, Mutter, Kinder. Mörderpack«, sagte Klara und sah auf ihre Füße, die gerade im Matsch verschwanden.

Vera trat plötzlich hinter sie und umschlang sie mit einem Arm. »Jetzt hör mir mal zu«, sagte sie, während ihr der Regen über das Gesicht lief, über die Jacke und in die Schuhe. »Wir stecken alle drei in der Scheiße, stimmt's? Dabei war doch alles mal so schön. Ist leider schon lange her. Weißt du noch, in was für einer hübschen Welt wir lebten? *Rotkäpp-*

*chen, Der Wolf und die sieben Geißlein* und wie sie alle heißen, diese Geschichten. Klar, es gibt das Böse in der Welt. Es schaudert einen, wenn man davon hört, aber nicht viel, nur ein bisschen. Denn das Gute ist schon unterwegs, es zu besiegen. Märchen eben. Mit diesem Glauben sind wir auf die Welt gekommen. Du musst nur das Richtige tun, stimmt's? Immer auf dem richtigen Weg bleiben, darum geht es. Das Leben kann schön sein.« Sie drückte Klara fester und drehte sie ein Stück zu sich.

»Und dann kommt der Tag, da ist das Schmutzige ganz nahe, es ist bei dir, in Reichweite, in Griffnähe, im Haus, am Tisch mit dir. Es ist abgrundtief schmutzig, eklig und böse. Abscheulich. Und es bleibt böse. Es löscht das Gute aus. Alles davon. Und wenn du glaubst, eines Tages liegt die Welt wieder in dem klaren, rosafarbenen Licht, in dem du so gerne gelebt hast, dann hast du dich geschnitten. Das passiert nie.« Klara kam ein bisschen ins Schwanken, als Vera sie jetzt plötzlich losließ.

»Du warst weg und ich habe nichts mehr von dir gehört. Deine Eltern, deine Großeltern. Schwamm drüber. Und mein Vater würde bald wieder mit uns leben. Dauernd lief die Mutter in den Knast und besuchte ihn. Das Gute siegt nicht über das Böse, es ist nur ein kleines, hilfloses Etwas, das dem Mächtigen geopfert wird. Als mir das klar wurde, musste ich weg. Und der Kleine da drüben, der hat Scheiße im Kopf. Aber wir sind anders als der Alte, glaubst du uns das?«

»Amen«, sagte Hajo, band die Hunde los und ging, die Leinen in der Hand, hinter den Kommissaren her den Weg hinunter.

Klara sah ihm nach und drehte sich dann zu Vera. »Und was soll ich jetzt machen, deiner Meinung nach?«

»Dasselbe wie wir«, sagte Vera. »Einfach immer weiter. Aber lass die Scheiße jetzt sein, ja?«

Klara knickte ein und setzte sich auf den nassen Boden, rückwärts vor das Kreuz, so als könnte es ihr den Rücken stärken.

## *37*

Wieder klingelte sie an der Tür neben der kleinen Bank.

Das Fenster öffnete sich und das Gesicht der Frau erschien. »Wie sehen Sie denn aus?«

Anne blickte an sich herunter: Ihre Jacke tropfte, die Hose war schwarz vor Nässe, an den Schuhen klebte Matsch.

»Sie glauben nicht im Ernst, dass ich Sie noch mal hereinlasse«, rief Meike und dann sah sie die Kommissarin und den Kommissar und den Jungen, die aus dem Schatten unter den Bewegungsmelder traten.

»Doch«, sagte Frankel laut. »Wir möchten die Zeitungsausschnitte sehen, öffnen Sie bitte sofort.«

Das Fenster knallte zu und die Haustür öffnete sich.

Uli Becker war in einem erbärmlichen Zustand. Sein schmutziges Hemd hing ihm aus der Hose und er schwankte.

»Kommen Sie doch rein«, lallte er fröhlich und führte sie die Treppe hinauf.

Seine Frau stand oben und funkelte die Kommissare an. »Nein«, rief sie. »Dazu haben Sie kein Recht.«

Frankel schob sie ein Stück in den Flur hinein. »Geben Sie uns bitte augenblicklich den Ordner über Viola Göbel. Wir werden Ihr Haus ohnehin durchsuchen. Morgen früh kommen wir wieder.«

»Ist schon gut«, sagte Uli Becker, der sich schwankend am Treppengeländer festhielt. »Ich hole ihn. Wird aber vielleicht ein bisschen nass sein. Ich hab nämlich alles in der Werkstatt. Und die ist nicht dicht.« Er kicherte. »Eins sage ich Ihnen«, lallte er, während seine Hände das Treppengeländer umklammerten. »Viola war die schönste und die beste Frau, die es gab. Die schönste und die beste. Man liebt nur einmal. Eines Tages hätte sie das eingesehen und dann hätte sie … Er war ein erbärmliches Schwein.«

»Davon, dass Sie ihn erledigt haben, ist sie allerdings auch nicht zurückgekommen«, sagte Ingmar. »Wie haben Sie es gemacht?«

Anne rollte die Augen. Ein Geständnis von einem Betrunkenen, das war lächerlich.

»Am Freitag hatte ich ein paar getrunken, als ich die Blumen hingebracht habe. Ich war ja tagelang nicht dazu gekommen. Hab ich sonst immer gemacht. Einmal in der Woche. Plötzlich seh ich den da. Das muss man sich mal überlegen! Das ist der letzte Ort, wo er sich rumtreiben darf. Der allerletzte!«

»Und wo ist das Messer?« Frankel packte Uli Becker am Arm.

»Messer? Ich hab kein Messer. Mit den Händen hab ich es gemacht. Habe ihm mit seinem dreckigen Unterhemd die Blutzufuhr in sein Spatzenhirn abgeschnitten. Wie er das bei Viola gemacht hat, mit ihrem T-Shirt. Wenn ein Mann ein paar Bier intus hat, wird er zum Tier!« Er lachte kreischend auf.

Annes letzter Blick nach oben galt einer fassungslosen Meike, die in ihr Wohnzimmer taumelte.

»Und was geschieht jetzt mit den Messerstechern?« fragte sie, als sie einige Stunden später auf dem Weg zu Ingmars Wohnung waren.

»Wen meinst du jetzt genau?«, fragte Ingmar.

Anne sah ihn von der Seite an. »Es gibt ja zum Glück nur zwei.«

Frankel kratzte sich am Hals. »Die Messer haben wir schon eingesammelt. Damit kann man erst mal nichts mehr anrichten, stimmt's? Den Rest klären wir noch.«

Anne sah auf den Hügel vor sich. Der Regen hatte längst

aufgehört. Die orangefarbene Sonne schärfte den Schattenstrich auf dem Feld, das Grün leuchtete. Der Weizen stand hoch.

Frankel sah sie von der Seite an: »Schiebst du ab nächsten Monat wieder Dienst in Bielefeld?«

Anne schreckte aus ihren Gedanken hoch. »Verbrecherjagd bis zur letzten Metastase? Gott bewahre. Ich glaube immer noch an ein Leben vor dem Tod!«

Vor ihrem inneren Auge erschien eine kleine rote Hütte im Wald. Nur noch ein paar Stunden, dann würde sie auf der Terrasse sitzen und die Aussicht auf den See und den Fluss im Tal genießen. Und sich von den letzten Tagen erholen. Sie lachte.

## *38*

Als Klara mit Hajo auf das Bauernhaus zuging, glaubte sie, ihren Augen nicht trauen zu können. Vor der Tür stand Yvonne, akkurat in Fahrradklamotten mit einer Windjacke darüber gekleidet, rauchte sie genüsslich eine Zigarette. Regen hatte sie offenbar keinen abbekommen.

Dann sah Klara auch das Fahrrad, das am Gartenzaun lehnte.

»Drinnen darf man nicht rauchen. Sie hat mir gesagt, dass du hier übernachtest.« Yvonne deutete auf das Haus. »Ein Fahrrad hab ich dir auch schon besorgt. Wenn sich das Wetter beruhigt, können wir morgen weiterfahren.«

»Woher weißt du …?« Klara war immer noch dabei, sich zu sortieren.

»Ich bin vielleicht nicht ganz so dumm, wie du glaubst«, sagte Yvonne. »Wo ist übrigens das Messer geblieben?«

»Messer?« Klara schnappte nach Luft und warf Hajo einen schnellen Blick zu. »Na das, mit dem du die ganze Zeit in Berlin herumgespielt hast. Ich hab da ein paar zerschnittene

Klamotten gefunden, Kompliment, die sehen schlimm genug aus. Also, falls du eine Anwältin brauchst, hier ist eine, immer zu Diensten.« Yvonne grinste. »Übrigens: Der Seifert hatte einen Unfall. Der ICE, in dem er saß, ist an einem Bahnübergang gegen eine Landmaschine gestoßen, die jemand irrtümlich dort stehengelassen hatte. Einige Verletzte, aber zum Glück keine Toten. Braucht dich aber nicht zu beunruhigen. Dein Lieblingsanwalt ist schon wieder auf dem Weg der Besserung.« Jetzt war ihr Grinsen anzüglich.

Klara starrte sie immer noch an wie eine Erscheinung. »Du glaubst doch nicht im Ernst, dass wir jetzt die Radtour fortsetzen?«

»Na ja, erst mal musst du dir was Trockenes anziehen, oder? Aber um deine Frage zu beantworten: Klar doch. Wir haben noch den ganzen Sonntag vor uns. Da kommen wir doch mindestens bis Bad Karlshafen an der schönen Weser.«